LINO DE ALBERGARIA
Ilustrações: Marco Aragão

Lia e o Sétimo Ano

Selecionado para o PNLD-SP/2004
Obra adquirida pelo Departamento de Bibliotecas
Infantojuvenis da Secretaria Municipal de Cultura
de São Paulo

6ª edição

Copyright © Lino de Albergaria, 2002

Editor: ROGÉRIO GASTALDO
Assistente editorial: ELAINE CRISTINA DEL NERO
Secretária editorial : ROSILAINE REIS DA SILVA
Suplemento de trabalho : ROSANE PAMPLONA
Coordenação de revisão: LIVIA MARIA GIORGIO
Gerência de arte: NAIR DE MEDEIROS BARBOSA
Projeto gráfico e diagramação: EDSEL MOREIRA GUIMARÃES
Produtor gráfico: ROGÉRIO STRELCIUC
Impressão e acabamento: GRÁFICA PAYM

Dados Internacionais de Catalogação na Publicação (CIP)
(Câmara Brasileira do Livro, SP, Brasil)

Albergaria, Lino de
  Lia e o sétimo ano / Lino de Albergaria ; ilustrações Marco Aragão. — 6. ed. — São Paulo : Saraiva, 2009. — (Coleção Jabuti)

  ISBN 978-85-02-08213-7

  1. Literatura infantojuvenil I. Título. III. Série.

02-3200   CDD-028.5

Índices para catálogo sistemático:

1. Literatura infantojuvenil   028.5
2. Literatura juvenil   028.5

16ª tiragem, 2022

Editora Saraiva

SARAIVA Educação S.A.
Avenida das Nações Unidas, 7.221 – Pinheiros
CEP 05425-902 – São Paulo – SP
www.coletivoleitor.com.br

Tel.: (0xx11) 4003-3061
atendimento@aticascipione.com.br

Todos os direitos reservados.

CL: 810057
CAE: 571352

Lia e o Sétimo Ano

LINO DE ALBERGARIA

Editora Saraiva

■ Bate-papo inicial

Depois das muitas novidades encontradas no sexto ano, chega a vez de encarar o sétimo. A turma toda está lá: Miguel, Patrícia, Roberta, Renato, Leo, Ronaldo e nossa heroína da vez, Lia.

Com uma narrativa ágil e divertida, essa encantadora garota irá nos levar aos desbravamentos dos caminhos, nem sempre agradáveis, do amadurecimento. Rivalizando com sua irmã, aprendendo com seus colegas e pensando muito sobre a vida, ela irá descobrir amarguras e doçuras dessa fase tão complexa que é a adolescência. Você vai se identificar em muitos momentos com a história de Lia, temos certeza!

■ Analisando o texto

1. Uma das novidades que Lia encontrou no sétimo ano foi a presença de uma nova aluna em sua turma, que seus colegas logo apelidaram de E.T. Quem era essa garota?

R.: _____

_____

2. Durante um fim de semana, os pais de Lia planejaram um domingo em família. Porém um comentário dela quase pôs tudo a perder. Que comentário foi esse?

R.: _____

_____

3. Durante os recreios, Lia preferia a companhia de Lídia ou Roberta. Miguel e Leo também participavam de suas conversas. Contudo, ela não ousava chegar perto de Renato. Por quê?

R.: _____

_____

4. Raquel se mostrou bem animada em ir à festa de aniversário de Lídia, muito mais que sua irmã. Esta, pelo contrário, procurava uma maneira de não ir à tal festa. Que argumento Lia usou para tentar escapar dessa "obrigação"?

R.: _____

_____

5. Uma das coisas que Lia aprendeu nas aulas de Inglês foi o significado da palavra *hacker*: pirata da informática. A partir de então ela passou a se referir a Raquel como a *hacker* de sua vida. Por quê?

R.: _____

_____

_____

_____

6. A *orelha* de Renato, antes confidente fiel de Lia, foi relegada a segundo plano por causa de uma foto. De quem era essa foto? Quem era essa pessoa?

R.: _____

_____

Refletindo

7. Ao ouvir Roberta comentando que Ronaldo e Luís Antônio estavam um mais "gato" que o outro, Lia se sentiu traída pela amiga. Você também considera isso uma traição? Quais são para você os pontos mais sagrados numa amizade? O que você não pode tolerar num amigo?

8. Uma das ideias que sempre estavam na cabeça de Lia era a de que sua relação com os garotos estava mudando, que ela não era mais criança e também não via mais seus colegas como tal. Muitas vezes ouvimos que meninos e meninas brigam como cão e gato ou que não se misturam, como não se misturam o óleo e a água. Como você enxerga a relação entre garotos e garotas? Você acha que essa relação vem mudando com o tempo?

9. Quando Lia se sentia sozinha ela imaginava que era um pássaro para poder voar para onde bem imaginasse. Em que você pensa quando está sozinho(a)?

10. Ao chegar ao sétimo ano, Lia encontrou algumas novidades: novos professores, novos colegas, novas ideias. E você? Que novidades você está encontrando no sétimo ano?

11. Aproveite que você está relembrando como foi sua época de sexto ano e tente fazer uma comparação entre como você era nessa época e que coisas mudaram ou estão mudando. Escreva um pequeno texto autobiográfico que descreva essas mudanças.

Para qualquer comunicação sobre a obra, entre em contato:

SARAIVA Educação S.A.
Avenida das Nações Unidas, 7.221 – Pinheiros
CEP 05425-902 – São Paulo – SP
www.editorasaraiva.com.br

Tel.: (0xx11) 4003-3061
atendimento@aticascipione.com.br

| Escola: |
| Nome: |
| Ano: | Número: |

■ Redigindo

16. Refletindo um pouco sobre sua família, Lia sentia que sua irmã Raquel tinha uma preferência descarada pelo pai. Ela, por sua vez, se identificava mais com a mãe. Analisando sua família, escreva uma autobiografia contando com que pessoa de sua casa você tem mais afinidade e por quê.

17. Lia considerava que a maioria das pessoas tende a ser "mais para o esquisito", que plásticas, cosméticos e ginástica servem para disfarçar a esquisitice dos outros. Você concorda com Lia? Imagine alguém muito esquisito. Que características e particularidades teria? Descreva essa pessoa em uma breve biografia. Depois, troque a sua descrição com a de um colega seu. Cada um agora vai escrever um episódio de uma narrativa de aventura protagonizado pela pessoa que o outro descreveu.

18. O fato de Raquel acompanhar o professor e ajudá-lo com seus materiais incomodava um pouco Lia. Ela achava que isso era bajulação, que sua irmã era uma "puxa-saco". O que é para você um verdadeiro "puxa-saco"? Escreva um verbete de dicionário para definir a palavra.

19. Na festa de aniversário de Lídia, Lia se sentia duplamente envergonhada: por estar em um ambiente estranho e por considerar os modelos dos vestidos dela e de sua irmã dignos de um "zoológico". Tente relembrar uma situação em que você sentiu muita vergonha. Conte como foi redigindo um relato de experiência vivida.

■ Trabalho interdisciplinar

20. Uma das companhias mais assíduas de Lia, por incrível que pareça, era a orelha de Renato. Não a orelha de verdade, mas aquela de argila que ela tinha feito durante a aula de Educação Artística. Proponha a seu professor de Artes uma atividade semelhante àquela realizada pela turma de Lia: utilizando argila, tente retratar um de seus colegas e sirva de modelo para que façam também o seu retrato.

12. Lia não aceitava muito bem a crítica feita por Luís Antônio de que ela vivia cochichando e se cutucando com Roberta porque adoravam uma fofoca. Ela se considerava dona de um espírito crítico e não uma fofoqueira. Para você, quem tinha razão?

13. Por ter se distanciado de Roberta, Lia se sentia magoada: ela considerava muito chato se afastar de uma amiga e as amigas eram importantes em sua vida. Qual a importância das amizades em sua vida?

Ampliando

14. Lia achava que o namoro secreto de sua irmã com Renato tinha muitas semelhanças com a história de Romeu e Julieta. Você provavelmente já ouviu alguma coisa a respeito dessa famosa história de amor escrita pelo grande poeta inglês William Shakespeare, no século XVI. Para saber tudo sobre os desencontros amorosos desse casal, procure o texto da peça na biblioteca de sua escola e não perca essa chance de uma boa leitura. Caso prefira conhecê-la em vídeo, uma sugestão é o já clássico *Romeu e Julieta* dirigido por Franco Zeffirelli (1968), que foi um enorme sucesso entre os adolescentes há muitos anos; querendo algo mais moderno, procure a recriação da peça no filme dirigido por Baz Luhrmann (1996) e estrelado por Leonardo di Caprio. Mas atenção: o filme terá muito mais graça se você já tiver lido o livro!

Pesquisando

15. "Ser ou não ser, eis a questão..." Essa famosa frase é dita por Hamlet, personagem da tragédia de mesmo nome escrita por William Shakespeare, um dos mais consagrados poetas e dramaturgos da literatura mundial. Além de *Hamlet* e de *Romeu e Julieta*, são dele as famosas obras *Otelo*, *Macbeth* e *A Megera Domada*, entre muitas outras. Faça uma breve pesquisa sobre a vida e obra desse renomado escritor, buscando informações em enciclopédias e na Internet.

Para Solange Gonçalves

1

Minha irmã demorou no banheiro o mais que podia. Parecia de propósito. Aí comecei a bater na porta e a gritar para ela sair:
— Anda logo, Raquel!

Daí minha mãe veio saber por que é que eu estava berrando. Disse que eu não queria chegar atrasada logo no primeiro dia de aula.
— Fala com ela pra sair logo! — supliquei.
— Calma, Lia. Usa o nosso banheiro. Seu pai já saiu do banho.

É, tinha saído e deixado o espelho todo embaçado. Não pude pentear o cabelo com a minha escova. Usei a da minha mãe, que não é tão legal, porque nossos cabelos são diferentes, o dela é muito mais fino. Achei que o meu cabelo não tinha se desembaraçado. Puxa, ia chegar na escola de qualquer jeito, por causa de minha linda irmãzinha!

Lá estava ela, com aquela cara de santa, sentadinha à mesa do café, enchendo a pança. Eu tive de engolir qualquer coisa na maior pressa. Papai já estava dizendo que estávamos em cima da hora.

No carro, lógico que ela sentou na frente, do lado dele. Tive de mandar que fechasse a janela, porque ela abriu o vidro todinho, para o vento vir bem em cima de mim e me levantar o cabelo, já tão malcuidado.

Claro que ela estava me sabotando! Tudo por causa dos nossos uniformes! Mas quem mandou ela nascer depois de mim! Ganhei um uniforme novo, porque cresci, o outro não me servia mais. E como estava quase novo, porque eu sou cuidadosa à beça com as minhas coisas, mamãe não quis comprar outro para ela. A Raquel teve de herdar meu uniforme do sexto ano. E não adiantou reclamar, falar que a camiseta estava desbotada.
— Que nada! Ninguém percebe que já foi usado. Está ótimo em você. — Nossa mãe logo acabou com a manha da garota.

É que minha irmã só gosta de roupa nova, detesta aproveitar o que foi meu. A não ser, claro, quando eu acabo de ganhar. Aí ela avança, quer vestir antes de mim e até ficar para ela, principalmente quando nota que é uma coisa que

eu adorei. E odeia emprestar as coisas dela, uma pulseirinha, uma gota de perfume que for.

Estava tão bom no ano passado! Ela tinha aula de tarde e eu vinha sozinha para o colégio com o papai, sentada ali na frente, do lado dele. A gente conversando, rindo, ele sempre de cara boa. E, agora, lá estava ele com a cara amarrada, porque já estava atrasado por nossa culpa. Nossa? Quem tinha se trancado no banheiro, na maior esperteza, me deixando feito uma otária do lado de fora?

E, depois, correu para ficar no banco da frente, sozinha do lado dele. Mas papai não deu muita conversa pra ela, emburrado como costuma ficar quando as coisas não acontecem do jeito que ele gosta. Bem feito pra Raquelzinha!

Então, a gente chegou. Eu desci rápido pra não criar mais caso. Mas a princesa teve de abraçar, beijar e babar a cara de nosso pai. Azar o dela.

Fui andando na frente. Vi a Patrícia e a Roberta indo para a sala do sétimo ano, nossa nova turma.

— Me espera, Lia! — ela veio, toda esbaforida, atrás de mim.

Não dei pelota. A Patrícia me viu e abanou a mão.

— Onde fica minha sala? — a Raquel gritava, com uma voz esganiçada.

— Se vira, garota — respondi e fui abraçar minhas amigas.

2

Entrei meio preocupada na minha sala. Tinha pegado duro com a minha irmã. Imaginei que ela estivesse chorando pelo corredor, desesperada. Dei uma olhada lá para fora, mas não vi mais a Raquel. Bom, pelo menos não estava fazendo nenhum escândalo. Consegui me conter para não ir procurá-la. Afinal, quando foi minha vez, no ano passado, ninguém me pegou pela mão e me levou até a sala do sexto ano.

A Tatiana, que a gente chama de Indiazinha, tinha acabado de chegar. Fez o maior sucesso, com os cabelos bem curtinhos. A Lídia, aquela riquinha convencida, veio para a escola com brincos e relógio de ouro, tudo novinho.

— Deve estar querendo ser assaltada! — a Roberta falou baixinho comigo.

A Roberta é assim mesmo, fala de um jeito crítico de todo o mundo. Às vezes eu concordo com ela, principalmente no caso da Lídia, que vive esnobando a gente. Ou quando se trata daqueles dois caras que acabavam de entrar, sempre se julgando os mais interessantes do mundo.

O Ronaldo e o Luís Antônio pareciam mais impossíveis ainda, cada um mais bronzeado que o outro, me fazendo me sentir uma Branca de Neve. Ia dizer que estavam antipáticos como nunca, quando ela me surpreendeu com um comentário que nunca poderia esperar dela.

— Nossa, não sei quem voltou mais gato!

Ninguém antipático e enjoado, como aqueles dois, pode ser um gato! Eu me senti meio traída pela Rô. Ela continuou observando a dupla, os dois fingindo que brigavam pelo último lugar, no canto da sala, só para chamar a atenção. E nem olhou para os outros meninos que entravam juntos. Os dois baixinhos, o Miguel e o Leo, um de cada lado do Renato. Pensei comigo que, se existia um gato na nossa sala, ele estava ali. E não era nenhum dos dois pixotes.

Quem correu para cima dos meninos foi a Patrícia. Nem eu nem a Rô teríamos a coragem dela. Mas a Pat é assim mesmo, a única que tem coragem de dar beijinho nos meninos. Lá estava ela, abaixada no pescoço do Leo, os dois rodando, quase derrubando as cadeiras. O Leonardo também adora ela.

A Rô estava sacudindo meu braço, queria que eu olhasse para o outro lado.

— O que é aquilo? — me perguntou.

Não vi logo quem ela queria mostrar, mas não gostei da comparação, porque a Pat é minha amiga.

— Essa aí consegue ser mais esquisita que a Patrícia!

Então, eu percebi. A Patrícia é meio desengonçada. Alta, magra e míope. A pessoa que a Roberta, discretamente, me apontava parecia um menino. Cabelo curtinho e desalinhado, sardas, umas bochechas vermelhas. Mas tinha algo esquisito. Era um menino com peito! Olhei bem e vi o sutiã por baixo da camiseta. Era uma menina baixinha e peituda, com cara de homem. Estava sozinha, quieta, pouco à vontade. Era a única novata.

Foi quando o Rocha, nosso professor de Matemática, mais conhecido como Rochedo, que adora uma piadinha, entrou na sala.

— E aí, macacada? Prontos para mais uma maratona?

E a voz dele, alta e grossa, foi se impondo ao nosso zunzunzum. Todo o mundo foi se sentando, deixando para o recreio os comentários sobre as férias. Eu me lembrei do primeiro dia de aula no sexto ano. Tudo começou meio parecido, com uma aula de Matemática do Rochedão.

3

Novidade foi a professora de Português, a Ester, uma baixinha, quase do tamanho da gente. Aliás, a Patrícia e o Renato devem ser maiores do que ela. A Rô não gosta de professoras em geral, por ela só homens deviam dar aulas para nós. Acha que mulher devia dar aula só até o quinto ano, porque se entrosam mais com as crianças. A gente comentava isso, na saída para o recreio. E não é que a Lídia ouviu e veio dar palpite?

— Nossa, como você é preconceituosa!
— Ué, não estou entendendo... — disse a Roberta.

E a outra veio falar que as mulheres deveriam ser mais unidas e era quase uma obrigação prestigiar o sexo feminino. Não sabia que, além de rica, a Lídia era feminista. Ou será que está pretendendo ser professora?

Mas a Rô deu um jeito de não entrar na discussão, me puxou pelo braço, deixando nossa colega sair na frente. E voltou ao assunto que tinha começado. O professor do ano passado, o Carlino, era bem feinho, careca, barbudo e baixo, ela lembrou.

— Trocaram um baixinho por outro.

— Fala baixo — eu quase sussurrei. — Agora mesmo alguém ouve e vai dizer que você é duas vezes preconceituosa!

— Para com isso, Lia! Eu só acho que a gente merecia uns professores mais charmosos, assim como o Valdir de Ciências!

O Valdir tinha sido mesmo uma surpresa. No meio do ano passado, a gente tinha outro professor de Ciências, bem coroa, que se aposentou. E aí surgiu aquele cara jovem, louro e de olhos verdes, fazendo o maior sucesso com as meninas da nossa sala.

— Você acha que o mundo anda cheio de gatos como o Valdir? — perguntei.

Minha amiga suspirou. Nessa hora, o Miguel quase tropeçou na gente e eu disse que pelo menos ele estava com saudades do Carlino. Como minha colega não tinha percebido o que eu queria dizer, lembrei de como o Carlino puxava o saco do Miguel por causa das redações dele.

A Rô falou outra coisa absurda, disse que eles se entendiam tão bem porque não eram lá muito altos. Comecei a defender o Miguel, afinal o cara realmente escrevia bem e ia dizer para minha amiga parar com aquilo, de ficar criticando o tamanho das pessoas, quando ela me interrompeu:

— Olha lá, não é a sua irmã?

Não podia esperar nunca pela cena. A Raquel numa rodinha com quatro garotos! Na verdade, todos pirralhos do sexto ano que nem ela. Ela não deveria estar com as outras garotas?

— Sabe que a sua irmã me deu uma ideia?

Fiquei olhando para a Roberta. Agora quem não estava entendendo nada era eu.

— Vem — ela me pegou pelo braço.

E foi me arrastando atrás dela. O Ronaldo e o Luís Antônio tinham acabado de entrar na cantina. E a Rô começou a gritar para que eles esperassem por nós duas.

4

Tive vontade de brigar com a Rô. Por causa dela, passamos por aquela humilhação. E ela mesma não teve reação ao que o Ronaldo disse, assim que entramos na cantina atrás deles.

— O que é que as duas fofoqueiras querem? — ele teve o topete de perguntar.

Fui eu quem teve de tirar satisfação.

— Quem é fofoqueira aqui?

Mas o Luís Antônio também resolveu tirar sarro de nossa cara.

— Quem é que você acha? Quem são as duas que andam o tempo inteiro se cutucando e cochichando?

— Sabe que não faço a mínima ideia? — devolvi. — E, para dizer a verdade, eu não quero nada com os dois sujeitos mais sem educação da escola!

— Lia! — A Rô ainda parecia que ia me chamar a atenção, mas quem começou a puxar a outra, dessa vez, fui eu, e em direção à fila do caixa.

— Nós viemos lanchar, não foi? — perguntei para ela, em voz bem alta, para que os dois ouvissem e entendessem que não estávamos ali por causa deles.

Pelo menos eu não estava. E fui despejando no ouvido da Roberta elogios para os caras do oitavo e do nono, esses, sim, os únicos que valiam a pena por ali. Ela entendeu a mensagem, acabou concordando. Não valia a pena passar por um vexame daqueles, por causa de uns pirralhos da nossa sala. Era nisso que dava imitar a minha irmã!

Fofoqueira, eu? Nem eu nem minha amiga. Nós temos espírito crítico, isso sim. A Rô até um pouco mais, tanto que eu às vezes discordava dela. E aqueles dois eram sem educação, sim. Como vinham falar com nós duas daquele modo?

De volta para a sala, era aula de História. Não era a mesma professora do ano passado, mas, para desapontamento da minha colega, tinham trocado uma mulher por outra. E essa, com uns óculos que esbugalhavam os olhos, de tão grossas que eram as lentes, e uns dois dedos de cabelos brancos no meio da tinta preta, devia também estar bem perto da aposentadoria. E o Miguel e a Lídia olhavam para ela de boca aberta e queixo caído. A Lídia ainda fez "psiu" para a Patrícia e o Leonardo, que estavam conversando.

Fiquei sabendo que aquela era a Terezinha, a professora tida como o gênio da escola. Mas como pode ser um gênio dando aula de História? Gênio é quem entende de matemática, tão mais complicado! Só que o Rochedo vivia contando piada e o pessoal achava que a aula dele não era séria. Aquela ali ficava falando bonito, fazendo discurso. Fiquei até com saudade dos trabalhos em grupo, que a gente fazia na sala com a professora do ano passado. Pelo menos era animado, e a gente não tinha de escutar o tempo todo.

No fim do dia, a Rô veio me dizer que estava preocupada. Até imaginei que fosse com o que tinha acontecido na cantina. Mas, dessa vez, ela até que tinha razão.

— Já pensou, Lia, se mudaram também o professor de Ciências?

5

Em casa, não falei nada do assanhamento da Raquel no recreio, se cercando dos garotos. Não sei se me incomodou ter sido chamada de fofoqueira, mas também não queria dedar ninguém. Para mim, ser dedo-duro é ainda pior do que ser mal-educado e grosso.

Foi nossa mãe quem pegou a gente na escola e eu vim no banco da frente do carro. Na verdade, minha irmã não se importa tanto se eu fico na frente quando é mamãe quem dirige. É da atenção do papai que ela faz toda questão. Tenho certeza que (cruzes!), se os dois se separassem, ela até ia gostar, e ia querer ficar sozinha com ele. Não sei por que pensei no assunto, não quero ver briga nem divórcio lá em casa, mas acho que minha mãe ia querer ficar comigo.

Mamãe se incomoda com a preferência descarada que a Raquel demonstra por nosso pai. Bom, eu não sei como ficaria. Não ia querer deixar minha irmã sozinha com ele. Mas também não gostaria de ver mamãe sem ninguém. Gente, por que é que eu ficava pensando nessas coisas? Claro, por causa de minha irmã!

Se eu tivesse um irmão, as coisas lá em casa podiam ser mais fáceis. Principalmente se ele se parecesse com o Leozinho, que tem cara de irmão mais novo e dá vontade de a gente proteger. Eu nunca iria deixar meu irmão virar um Ronaldo ou um Luís Antônio! Afinal, eu ia ser a irmã mais velha e ia saber educá-lo... Mas que conversa fiada! Se eu nem podia com minha irmã mais nova, que sempre fez e aconteceu do jeito dela!

Nunca podia imaginar que a Raquel se desse tão bem com os meninos! Quando menor, ela só era amiga de outras meninas. Será que já eram os tais hormônios da adolescência? E, nisso, ela seria mais precoce do que eu. Nunca fico tão à vontade no meio dos homens. E se a minha irmã tiver mesmo essa tendência e virar galinha?

Mas por que eu tenho de me preocupar tanto com essa criatura? Melhor ir ver televisão, aproveitar que ainda não temos nenhuma tarefa para fazer em casa. Aquele programa que se passa numa academia de ginástica é meio bobo, eu sei, mas tem uns atores que são uma gracinha e eu gosto de ver quando aparecem.

— Lia!

É minha mãe me chamando para ajudar a pôr a mesa para a gente jantar.

— Mas bem agora, que acabei de ligar a televisão?
— Puxa, me ajuda, vai!
— E a Raquel? Por que tem de ser eu?
— Ela acabou de entrar no banho.

O mesmo golpe do banheiro! Minha irmãzinha sabia como me deixar furiosa! E lá fui eu pôr a toalha, arrumar os pratos e talheres, enquanto minha mãe preparava a comida. Quando voltei para a sala de televisão, lá estava ela, toda perfumada, sentada no meu lugar no sofá, e olhando, toda lânguida, para meu ator favorito!

6

A surpresa que faltava, no nosso sexto ano, entrou pela porta vestindo um avental e usando luvas de borracha. Não era uma faxineira nova, porque estava carregando livros e uma caixa de giz e foi direto para a mesa do professor. Senti o olhar da Rô pra cima de mim e devolvi a olhada, com a mesma expressão de "não estou entendendo nada".

Aí ela abriu a caixa de giz, tirou um amarelo e escreveu no quadro o nome Marisa. Só então se virou para a turma, pediu desculpas pelas luvas, avisando que era alérgica a giz. Imaginei que o avental deveria ter também algo a ver com o pó do giz. Se não era para impedir de irritar a pele, pelo menos impedia de sujar a roupa, com aquelas mangas compridas e a saia no meio da canela.

No recreio, o Leo comentou que talvez fosse para ela ficar pelada debaixo do avental. Que delírio! Ela estava de jeans, dava pra ver as pernas das calças. Podia ser até que ela estivesse sem a blusa, pois não havia sinal de camiseta perto da gola do avental. Mas com certeza tinha alguma blusinha mais decotada lá por baixo. Acho que o Leo está ficando que nem os outros meninos, que parecem todos obcecados com sexo. No ano passado, ficavam no maior ouriço com a professora de História, que era meio gostosinha. Devem ter tomado o maior susto com o jeito de coruja e o desmazelo da Terezinha. E essa Marisa, só com muita imaginação, para adivinhar como ela pode ser debaixo daquele avental. Imagino uma pele cheia de brotoejas, embora não a tenha visto se coçando uma única vez. Pelo menos, é relativamente nova. Se comparar com minha mãe, que tem 36, deve ter uns oito, nove anos a menos. Já a Terezinha deve ter esse mesmo número de anos a menos, mas em relação à minha avó. Aliás, ela podia ser mãe da Marisa, se esta pelo menos fosse míope.

Só que a Terezinha tinha uma vantagem enorme em relação à Marisa, a voz. A Terezinha tem uma voz limpa e bonita, bem agradável de se escutar, a gente até fica presa no discurso dela, sem perceber. Mas a voz da Marisa é uma coisa rouca, arranhada, meio esquisita. Será que é voz de alérgica?

O rosto dela é normal, nem feio nem bonito, só acho as sobrancelhas muito grossas. O cabelo estava preso e era castanho, normal, como da maioria das mulheres.

Mas por que eu estou descrevendo uma mulher com tantos detalhes? Simplesmente porque a presença dela significou, para a Rô, sobretudo (e também para mim, confesso), algo como um terremoto que fizesse chacoalhar o chão da escola.

Pois ela escreveu o nome no quadro, mas não disse que matéria ensinava, como se a gente já devesse saber. Foi quando apresentou o livro que usaríamos que percebemos o que ela tinha vindo fazer em nossa sala. Eu senti algo estranho, indefinível, mas a Roberta ficou imediatamente pálida. E a confirmação veio na pergunta incrédula da Patrícia:

— Quer dizer que você é a professora de Ciências?

Que remédio! O Valdir ia ficar na saudade. Homem agora só mesmo o Rochedão de Matemática e o professor de Artes, o Juca, todo maluco e magro até. Aliás, se quisesse, a Marisa podia pedir a ele para servir como modelo quando ela fosse ensinar o esqueleto humano. Puxa, agora eu extrapolei! Estou ficando pior que a Rô! O Juca é magro e meio doidão, mas é supercriativo e um sujeito bacana.

7

A maioria das pessoas deve ser mais para o esquisito, penso eu. Por isso, começam a malhar, a fazer plástica, a tingir os cabelos e a comprar roupas bonitas. Assim disfarçam a esquisitice. Mas tem gente que não liga pra isso, e, entre essas pessoas, a grande maioria dos professores de nossa escola. Poucos fogem do tipo personagem de desenho animado. Como aquela professora de História do ano passado. Ou como o Valdir. Mas este seria uma exceção em qualquer lugar. Não precisava consertar nada, até o queixo veio furadinho de nascença...

Já os alunos têm a maior pinta de gente normal. Vai ver que o uniforme ajuda, todo o mundo com a mesma roupa, embora as meninas deem um jeito de melhorar a aparência. Um batonzinho, uma pulseira. Tem a Lídia, claro, que desequilibra com os perfumes e a joalheria ambulante, sempre trocando as peças. Só que ninguém vai dizer que ela é uma árvore de natal, porque a danada usa apenas uma ou duas coisas de cada vez. A Rô implica um pouco com a Pat, acha ela comprida e fina demais. E os óculos não ajudam muito. Mas se ela tivesse aparelho nos dentes podia ser pior... Bom, até que ela tem os dentes bonitos e uma pele bem lisinha. Eu não diria que a Pat é uma figura estranha.

Mas a aluna nova... talvez ela se encaixasse melhor no time dos professores. Mesmo porque fica lá na dela, sem fazer o menor esforço para se integrar com ninguém. E ela é meio avoada ou meio pastel, pois o Ronaldo (e quem mais podia ser?), com toda a delicadeza e educação possíveis, chamou a novata de sapatão. O incrível é que ela nem ligou. Se fosse comigo, eu teria tido um ataque de nervos.

O que há exatamente com ela? O corte de cabelo, o jeito de menino, o ar de estar meio por fora de tudo, o silêncio, mas não é só isso. Acho que ela tem um jeito... de ET! A atitude dela parece estar gritando que ela não é um dos nossos... Mas, deixa pra lá, eu não me sinto à vontade para chegar mais perto. Parece até que ela não tem nome. Estou aguardando que os professores recebam a lista de presença e comecem logo a fazer a chamada. Assim, pelo menos, ela vai ter um nome.

Enquanto isso, continuo tendo uma irmã. Quando mamãe veio buscar a gente, como sempre acontece, ficou nervosa porque desta vez estava parada em fila dupla, com o maior medo de tomar uma multa. Eu já estava lá, acomodada no banco da frente e sem saber responder por que a aula do sexto ano estava atrasada.

Minha mãe acabou arrumando uma vaga e estacionou o carro, mas queria que eu descesse e fosse ver o que estava acontecendo. Eu tinha acabado de dizer para ela ficar calma, que ninguém tinha sequestrado a Raquel, já que ainda não tinha visto a cara de nenhum dos colegas dela.

"Vai ver que estão todos de castigo", pensei, mas não disse nada para não deixar minha mãe ainda mais preocupada. Então, começaram a aparecer uns alunos do sexto ano.
— Olha — apontei para minha mãe. — A turma só está saindo agora.
E foram vindo todos, menos ela. O que será que tinha aprontado dessa vez? Mas aí minha irmã se materializou. A última aluna. Caminhando ao lado do professor, ela ia levando, além das coisas dela, um pouco dos livros dele. E num passinho apertado, quase saltitando, para acompanhar as passadas dele. Ridícula! Puxa-saco!
Quando entrou no carro, não consegui me conter:
— Você é aluna dele?
Claro que eu teria de ouvir a resposta:
— O Valdir é uma gracinha!

8

O fim de semana foi o maior bode. No sábado, levei uma bronca de minha mãe porque fiquei no telefone com a Rô. Ela me mandou desligar e estudar. Não adiantou explicar que o motivo do telefonema tinha sido uma dúvida no exercício de Geografia. Na verdade, a Roberta logo mudou de assunto e, quando desliguei, eu continuava com a dúvida. Tive de me virar sozinha com os paralelos, os meridianos e a escala do mapa. Desde o ano passado, a Maria Alzira tem mania de mapas. Nossa primeira tarefa (como eu vou me esquecer?) era fazer um mapa do caminho de nossa casa até a escola. Esse até foi fácil e legal de fazer, porque ela deixou a gente livre. Só precisava marcar as direções, norte, sul, etc. Agora, parece que a gente está virando cartógrafo. Tudo tem que ser medido e na proporção.

Prefiro quando chega a hora de colorir. Mas tenho de me conter, senão começo a enfeitar demais e já vi que ela não gosta. Prefere coisas mais abstratas. Só dá pra soltar um pou-

co quando é para representar as atividades econômicas. Adoro colocar um carneirinho bem peludo onde há criação desses bichos. A Rô disse, uma vez, que meu carneiro parecia um *poodle*, mas é que eu fiz ele meio tosquiado. A própria Maria Alzira comentou que as chaminés de minhas fábricas têm fumaça demais. E disse que fumaça é poluição e que há leis ambientais que obrigam as fábricas a usar filtros. Também implicou com o "romantismo" das minhas fumaças. É que sempre pinto a fumaça de azul ou de lilás. Quando percebo, estou soltando os rolos para fora da chaminé, fazendo com o lápis umas espirais bem transparentes, vaporosas.

Pois na hora de colorir, já tinha começado a curtir e percebi que não tinha usado as cores que ela pediu para o mapa. Tinha, espontaneamente, usado as que eu gosto mais. E usei aquele lápis dourado, que dá um tom tão especial ao desenho. Era melhor guardar para um dia em que ela pedisse um mapa da produção de ouro... Então, tive que fazer de novo. Perdi todo o trabalho anterior. E fiz aquela coisa careta. Ou técnica, como prefere nossa professora.

Pelo menos, meu senso crítico serve para me policiar, no caso, para ver que eu tenho de me controlar para melhorar minhas notas. Mas é meio difícil controlar minha língua. Mesmo quando ela está dizendo o óbvio para quem não quer enxergar.

No domingo, a gente foi para o clube, em família, e acabou tudo muito sem graça, o mau humor generalizado. E, segundo o meu pai, por minha causa. Tudo porque eu disse coisas que eu não deveria ter dito.

Magoei a princesinha da família. Também ela tinha de aparecer, àquela hora da manhã, com um chapéu da minha mãe e com a cara pintada! Até sombra azul nos olhos ela botou. Eu deveria ter deixado ela bancar a ridícula, ou deixado para minha mãe dar um jeito nela. Mamãe sabe pôr limites na Raquel.

Mas falei. E nem pensei antes. Saiu porque era tão óbvio o que eu estava vendo.

— Nossa, você está indo para o zoológico? — eu perguntei.

Ela quis saber por quê. Falei que ela estava a própria perua; um projeto de perua, aliás. Raquel olhou com raiva para mim, disposta a me enfrentar. Senti o olhar dela no meu queixo e depois na minha cintura. Já imaginava como ela estava tentando achar, lá na cabecinha dela, uma forma de me chamar de gorda. Se fosse eu que quisesse me ofender, revidaria dizendo que era uma pena que as leitoas não tinham sua jaula no zoológico. Mas minha irmãzinha é devagar com as palavras e não teve tempo de me chamar de gorda. É que minha mãe resolveu olhar para a figura dela e percebeu o que eu já tinha notado.

— O que é isso, Raquel? — ela perguntou.

Então a maninha deu o chilique dela, jogou o chapéu longe, começou a chorar e se trancou no banheiro. Ela adora um banheiro!

Daí meu pai me disse que eu falava coisas de um jeito muito inconveniente e que estava estragando o domingo da família.

9

A Raquel só saiu do banheiro depois que meu pai foi bater na porta, se humilhando, pedindo pra ela abrir. No começo ela fez manha, dizendo pra gente ir sem ela, que tinha perdido a vontade de sair de casa. Mas, quando ele adoçou a voz e passou a pedir "abre, filhinha!", lógico que ela abriu.

Fez a maior hora para sair, mas tinha lavado a cara, pelo menos. Mas só foi para o clube quando minha mãe emprestou para ela os óculos de sol, porque agora tinha ficado com os olhos inchados e não queria que o clube inteiro soubesse como ela tinha chorado, coitadinha.

Dessa vez fiquei calada. Só pensei comigo que uma coruja tinha fugido do zoológico e entrado no nosso carro. Fiquei olhando pela janela, do meu lado. Ela, fazendo a mesma coisa, do outro lado. Estávamos, no banco de trás, uma do lado da outra, e sem conversar.

Na piscina, quando minha irmã resolveu nadar, percebi meus pais discutindo por causa da Raquel. Minha mãe reclamando que ele era cheio de mimo com a garota. Acho que

eles não pensavam que eu estivesse ouvindo. Eu estava e dei o meu palpite.
— Eu também acho!
Meu pai não gostou muito de escutar isso, pelo jeito como me olhou. E mamãe me fulminou:
— Vai dar uma volta, Lia.
E lá fui eu procurar um canto pra pensar na vida. Acabei sentada num balanço — ainda bem que estava vazio e sem ninguém por perto. Eu mesma me balançava, com o impulso de meu corpo. Queria subir bem alto, talvez para olhar por cima da cabeça de todo o mundo. Desde pequena, quando me sinto sozinha, gosto de pensar que eu queria ser um pássaro para poder voar com minhas asas para onde eu bem imaginasse.
No fim da tarde, nós fomos à igreja. No caminho, minha mãe mandou que, durante a missa, eu e minha irmã refletíssemos sobre nosso comportamento. Eu cheguei a refletir, enquanto o padre falava e as pessoas ouviam ou rezavam com ele. Imaginei se não sou uma irmã implicante, se não sou implicante com todo o mundo. Se eu e a Rô não somos mesmo fofoqueiras.
Chegou a hora de comungar. Fiquei em dúvida se eu iria. Não me sentia nada limpa por dentro para receber a hóstia. Mas aquela hóstia parecia tão pura, tão branca, capaz de me limpar de todas as minhas maldades. Então eu não fui. Porque ela já tinha ido, já tinha recebido a comunhão e voltava para o lugar do meu lado, com cara de anjo. E eu senti que aquela cara de anjo da minha irmã era uma mentira. Pelo menos, se eu sou má, não vou fingir que não sou.

10

De repente, voltar para a escola me distrai. Principalmente quando temos aula de Artes. Este ano o Juca inventou de trabalhar com argila e a gente tem de amassar barro. Na primeira aula disse para cada um fazer uma orelha, e um ficava olhando a orelha do outro e modelando no barro. A maioria das meninas tinha o maior nojo de sujar as unhas. Eu mesma não fiquei muito interessada em enfiar a mão naquela terra gosmenta. O Juca, talvez para provocar a gente, resolveu dividir a turma em casais: meninas e rapazes.

E ficou para mim fazer a orelha do Renato. E para ele, a minha. Fiquei um pouco embaraçada por sentir ele me olhar tanto. Mas eu também podia olhar para ele. Cada um virava um pouco de lado. Tive vontade de fazer todo o perfil dele, especialmente o nariz e o queixo, as coisas que ele tem mais bonitas. Mas não sou tão boa escultora. Mesmo assim minha orelha era uma das poucas que ficou com jeito de orelha. A outra, a que ele fez, parecia mais um umbigo achatado e ampliado. Só dava para reconhecer o meu brinco.

O Renato quis amassar, depois de pronta, e desmanchar minha orelha-umbigo. Eu não deixei. O Juca colocou todas para secar. Quando voltamos, na outra aula, algumas tinham rachado. Mas as nossas estavam intactas. Então, desta vez, ele deixou que a gente modelasse o que quisesse. A Lídia e a Rô protestaram, não queriam mais saber de barro. Mas acabaram sujando de novo as mãozinhas. E aí começaram a aparecer várias cobrinhas. O pessoal parecia ter voltado ao jardim, brincando de massinha. Alguém resolveu fazer frutas, laranjas, maçãs, e a maioria começou a imitar.

Ainda sem saber o que eu iria criar, fiquei esticando o barro como minha mãe abre a massa, quando faz torta. E aí vi como as mãos da ET trabalhavam rápido. E ela conseguia fazer um vaso e não se importava de se sujar toda. Tinha uma cara concentrada e feliz. Continuo chamando a menina de ET, mas o nome dela é Márika, agora a gente já sabe. Ela fala um português estranho, porque não nasceu aqui. E às vezes troca o gênero das palavras. E tem coisas que ainda não entende. Por isso não percebeu aquele dia a grosseria do Ronaldo, quando a chamou de sapatão. Acho que vai continuar ignorando muita coisa. Porque ela não parece muito interessada em nos entender.

Sem perceber, eu tinha feito uma bola com o barro que eu já tinha trabalhado. E meus dedos, juntos, imprimiram nele duas cavidades. E, entre elas, começaram a erguer um relevo. Parecia que um rosto queria surgir do barro. Ataquei a boca. Com carinho, fui tirando a linha redonda do queixo e introduzindo um pescoço. Meu rosto careca não se definia. Não era eu mesma, nem o Renato, cujo perfil eu tinha decorado. Fiquei meio assombrada, quando vi que a criatura mais parecida com aquele rosto era a Márika, mesmo que eu não soubesse esculpir sardas na argila.

Quando acabou a aula, o Juca disse que podíamos levar nossas orelhas, que já estavam secas. Vi que o Renato não quis levar a que ele fez. Acabei trazendo comigo. Na estante do meu quarto, agora tenho duas orelhas, a minha e a dele.

11

Para que serve uma orelha? Para escutar, claro. E escutar os segredos da gente, quando ela é apenas uma orelha de barro. Pois, no meu caso, não tenho coragem de contar meus segredos para o dono desta orelha. Na verdade, o Renato é um menino, um cara, e eu não sei ser amiga de homens. Por isso, tomei nas minhas mãos a orelha dele, a que eu tinha copiado com os meus dedos, e falei para ela:

— Sabe, orelha, só estou falando com você, porque é de barro, e eu mesma fiz você. Mas você não deixa de ser a orelha de um menino. Acho que as orelhas dos meninos não escutam as meninas. Só escutam os outros rapazes. As línguas dos rapazes, quando não estão falando de futebol ou contando piadas de sexo, falam de nós para os ouvidos deles. Mas aí parece que a gente faz parte das piadas de sexo. E os olhos deles medem nossos peitos, nossas bundas. Será, orelha, que você pode ensinar a um menino que as meninas têm segredos bem mais interessantes, que alguns meninos deveriam ouvir?

Guardei no lugar aquele pedaço de argila. Alguém podia entrar no meu quarto e me escutar falando sozinha. Mas não seria má ideia confiar àquela orelha certas coisas que eu não tenho coragem de dizer a ninguém. Como esse desejo de me aproximar mais dos homens. Mesmo com o meu pai é tão mais difícil ficar à vontade. Talvez porque eu me pareça mais com mamãe. Nós duas, por exemplo, temos a mesma habilidade com as mãos. A da minha mãe, claro, é mais desenvolvida. Ela pode fazer o que quiser com as mãos. Papai diz que ela, se quisesse ou se concentrasse, poderia ser uma artista.

Às vezes acho que perdi o papai de vez para a Raquel. Desde pequenininha, ela avançou sobre ele. E ele sempre dando colo e achando aquele bebê já tão grandinho a maior gracinha. E protegendo minha irmã de meus ataques. Mas meu ciúme não é de graça. A Raquel sempre deu seu jeito de perturbar minha vida. Por ela, nunca posso sentar no banco da frente do carro, quando meu pai está dirigindo. Como, desde que ela deve ter nascido, eu não podia sentar no colo dele.

Minha mãe percebia e me chamava para perto dela. Pelo menos eu não tentava mais arrancar a Raquel pelos cabelos do colo do papai. E começava a me ensinar as coisas que ela faz para se distrair. Dar laços em fitas, embrulhar presentes, cortar no pano pétalas de flor. Arrumar os vasos. Ou mesmo pregar botões ou cerzir as meias furadas. A minha facilidade para essas coisas fez com que a Rô notasse e dissesse que eu pareço uma mulher de antigamente.

— Só falta você tocar piano...

Olho para os meus dedos. Se tocar piano depende de agilidade, eu seria capaz de tocar. Nunca tive foi oportunidade. Parece que nunca vou ter. Pianos nem entram nas portas dos apartamentos. Tenho um vizinho que está aprendendo órgão eletrônico. E fica, horas inteiras, repetindo as mesmas músicas. Eu não teria paciência. Não gosto de repetir nada.

Olho, então, para a outra orelha. A que seria a minha, fabricada por aquele garoto. Os dedos dele, tão sem jeito, fizeram esse umbigão de brinco. E depois quiseram destruir, desmanchar a forma de barro ainda mole. Eu me salvei, acho, quando não deixei que ele fizesse aquilo. Não queria ficar sem orelha, mesmo que, pelos dedos dele, ela parecesse tão feia. Talvez um dia ele queira conversar comigo, contar coisas interessantes para minha orelha verdadeira...

12

A professora de Inglês resolveu misturar as aulas dela com as do curso de Informática. Afinal, segundo ela, o vocabulário de Informática deriva todo do inglês. O próprio teclado do computador costuma ter coisas escritas em inglês. Mas uma palavra veio comigo para casa. Não entendia, no começo, por que ela ficava dançando lá no fundo de minha mente. Como as musiquinhas sem graça que meu vizinho repete no órgão eletrônico. *Hacker*. Minha cabeça parecia invadida pela palavra, assim de graça.

À noite, ajudando minha mãe a tirar a mesa do jantar, o telefone tocou. Ela me mandou atender. Fui, rápido, imaginando que fosse a Roberta.

— Raque? — uma voz perguntou do outro lado. Uma voz de menino, desses que uma hora falam fino, outra hora falam grosso. Me deu vontade de rir.

— É engano — falei, desligando.

Mas logo o telefone tocou de novo e minha irmã veio correndo, dizendo que devia ser para ela, e não me deixou atender. E era mesmo para ela.

— Oi, sou eu sim! — gritou, afobada.

Voltei para a cozinha, mas minha mãe, rápida como é, já estava terminando de colocar a louça na lavadora e disse que eu podia ir ver televisão. Mas meu pai estava assistindo futebol. Preferi ir para meu quarto e ligar o som. Queria ouvir música. Mas também tinha o exercício de Inglês sobre o vocabulário da computação. Decidi fazer as duas coisas. Estudar, com uma música ao fundo, mais suave. Mexi no *dial* do rádio e achei um programa sem canções, de música instrumental. Ótimo, porque as letras das canções me distraem. Um piano, então, começou a tocar. E eu não precisei de palavras para me distrair. Fiquei me imaginando como a pianista. Eu, uma moça de antigamente, dentro de um vestido de renda, tão clara quanto as teclas do piano. E um laço de veludo negro na minha roupa, para combinar com a outra cor do teclado.

Por alguns minutos, viajei na música. Até que ela acabasse. Quando começou a seguinte, já tinha aberto o caderno de Inglês. Com o dicionário do lado, fui mergulhando naquelas palavras, me esquecendo da música.

De repente, me lembrei de uma cena. No final da aula, fui para o carro depois de minha irmã. Já tinha visto a cabecinha dela no banco da frente. Ia atravessar a rua, quando dois pivetes do sexto ano me abordaram.

Não entendi direito o que o primeiro garoto falou. Me perguntava se eu não era a irmã de alguém. O outro explicou melhor:

— Da Raquel.

Eu disse que era, e o primeiro então me entregou um caderno. Falaram que ela tinha esquecido com eles e me pediram para entregar. Me instalei no banco de trás e, ao passar o caderno para a Raquel, refleti que aqueles dois garotos deveriam ser do mesmo grupo que ela.

É, minha irmã podia facilmente se aproximar dos meninos. E eles também chegavam nela muito fácil. Foi quando me veio o estalo e reconheci a voz do telefone. E a palavra que não entendi na voz do primeiro menino.

— Você não é irmã da Raque?

Na escola, teriam mudado o nome dela? Simplesmente tinham cortado o "l". Raque era mais íntimo, mais carinhoso do que Raquel. E, também, lembrava a palavra *hacker*, mesmo que a pronúncia fosse diferente. É que minha irmã, como aquelas criaturas que invadem os micros dos outros, deixando um vírus lá dentro, tem o seu lado de pirata.

13

A Rô pegou uma gripe e eu me vi no recreio sozinha. Resolvi procurar a Pat, afinal queria conversar com alguém. Na saída da cantina, encontrei o Miguel e o Leo. Perguntei se tinham visto nossa colega.

— Está na biblioteca com a Márika — quem me respondeu foi o Miguel.

Eu me surpreendi com a informação. A ET continuava adepta da filosofia do "antes só do que mal acompanhada". Se bem que a Patrícia, que se enturma com qualquer um, era mesmo capaz de fazer amizade com aquela geladeira ambulante. Logo pensei no que a Rô poderia comentar. No mínimo, iria achar aquela dupla pra lá de estranha. A Pat, alta e magrinha, a Márika, tão pequena e peituda...

— A Pat resolveu dar uma mão na lição de Português pra tcheca — o Leo me explicou.

— Tcheca?

Eu ainda não sabia de que parte do planeta tinha vindo a Márika. Miguel confirmou o que o Leo tinha dito. Mas ele não confiava muito nas explicações da Patrícia.
— Por quê? — perguntei. — Pelo que eu sei, ela é bem boa em Português.
— Até que é sim, só que ela é a pessoa mais distraída da turma — disse o Miguel.
— É capaz de o feitiço virar contra o feiticeiro — o Leo comentou e eu não entendi.
— Como assim?
— Amanhã, a Patrícia vai começar a falar que nem a Márika. "Vou abrir porta para professora entrar em aula do Inglês..."

Miguel e eu rimos da imitação. A Márika sempre tirava os artigos quando devia colocar e colocava quando não precisava pôr. Até lembrei que, quando alguém riu disso, a professora de Português veio com uma explicação que me deixou no mesmo lugar. Disse que a língua original dela não deveria usar artigos, porque deveria ser uma língua declinada. Deu um exemplo de um caso de declinação com o "s" do McDonald's. Não significou muito para mim, mesmo porque a Márika, aquela criatura da República Tcheca, não saía pondo esses a mais nas palavras, embora continuasse tirando os artigos da frente de algumas, quando não trocava o gênero de outras. Um dia, tratou o Sol como se fosse mulher.

— Vai ver que na terra dela existem o Senhor Lua e a Dona Sol — tinha brincado a Rô.

Pelo menos, ela tinha uma vantagem sobre nós todos. Fazia muito menos confusões em inglês. Para a Mariana, a professora de Inglês, quem já fala duas línguas aprende com mais facilidade uma terceira. E, bem ou mal, a Márika falava português. Só tropeçava mais na hora de escrever. E era essa ajuda que a Pat estava tentando dar.

— A Patrícia é uma pessoa muito legal — lembrou o Miguel.

Pelo tom da voz dele, senti que ele tinha respeito pela menina. O Leo acabou concordando. Fiquei em dúvida se, quando o Miguel disse aquilo, estaria achando que eu e o Leo não estávamos sendo tão legais com a Patrícia como ela estava sendo com a Márika. Bom, pelo menos não chamei a outra de ET...

Percebi, então, que tinha passado todo o resto daquele recreio em companhia de dois meninos. O que nunca tinha feito antes. E, por pouco, eles não seriam três. Justo na hora em que tocou o sinal, chamando para voltar para a sala, ele apareceu.

— Estava procurando vocês.

Era o Renato. Mas eu entendi que as pessoas que ele procurava não me incluíam. Não tenho o hábito de conversar com o Leo e o Miguel. Ou com ele. Até fiquei um pouco para trás, enquanto a gente ia pelo corredor na direção da sala do sétimo ano.

14

Puxa, essa gripe da Rô está demorando demais. Não é só saudades de poder ficar comentando com ela as coisas do jeito que eu vejo. Passo a participar de situações em que não fico muito à vontade. Na aula de Geografia, tínhamos que formar duplas para fazer um exercício. Acabei junto com a Lídia. Preferia ter ficado com a Tatiana, mas o Leo foi mais rápido do que eu e em um instante tinha colocado sua cadeira perto dela.

Pensei que ele poderia ter me escolhido. O Leo é quem tem trânsito mais fácil com as garotas. Eu até podia ter tomado a iniciativa e ter ido me sentar com ele. Ou com o Miguel. Nenhum dos dois me parece muito perigoso. Jamais que eu ia querer me aproximar do Luís Antônio ou do Ronaldo. É uma questão de antipatia. Mas, também, não ousaria chegar perto do Renato.

Porém os homens continuam vivendo num mundo tão longe e eu sinto que ainda não tenho o passaporte para passar para o outro lado da fronteira. Então arrasto minha cadeira para perto da Lídia e tenho de aguentar seu olhar condescendente. Disfarçadamente, percebo o brilho dos brilhantes verdadeiros em seu dedo e em suas orelhas.

Antes do meio do exercício, já estamos discutindo. Ela quer ir por um lado, eu para o outro, nenhuma das duas quer ceder. Temos de apelar para a Maria Alzira. Ela vem até nós e, para minha surpresa, quem tem razão é a Lídia. Bom, no fundo, eu desconfiava que podia estar errada. Mas acho tão injusto ela ainda ter razão, com um anel e uns brincos daqueles.

Passo a seguir a orientação da minha colega, fingindo que não estou humilhada, enquanto imagino que na saída da escola ela bem que poderia ser sequestrada por uns bandidos bem bandidos. Mas a Lídia retomou o tom normal, não está cantando vitória nem tripudiando de minha derrota. Está bem, ela não merece ser sequestrada, nem ficar à mercê dos bandidos bem bandidos. Bastava um pivetinho esperto arrancar da orelha dela um dos brincos e desaparecer correndo...

No final da aula, ela sai comigo para o recreio e me sorri.

— O que você vai fazer no sábado, Lia? — ela me joga essa pergunta e eu digo a verdade, que ainda não sei.

— Vou passar o endereço pra você. É meu aniversário.

Antes que eu inventasse alguma desculpa para não ir, pois ia me sentir muito mal na casa dela, que eu imaginava um cenário de filme ou de novela, Lídia completou:

— Pode levar sua irmã, claro!

Acabei agradecendo o convite e prometendo ir. Que coisa! Aquela era a pior hora para a Rô ter gripado!

15

Tentei pedir ajuda a minha mãe. Com a experiência dela, ia saber como dar um jeito na situação. O que eu pretendia, na verdade, era não aparecer na festa da Lídia e ter uma desculpa convincente quando fosse me explicar.

Imaginei que a Raquel poderia ter quebrado um braço, ou quem sabe as duas pernas, minutos antes da festa. Só que ela estudava na mesma escola que eu e a Lídia, e não iria querer aparecer engessada ou numa cadeira de rodas por alguns dias. Mas minha mãe me traiu.

— Pois você devia mais era ir e se divertir.

— Logo na casa da Lídia? Você não tem ideia de como deve ser a casa dela!

— Acho que não deve ser muito diferente dessas casas que aparecem nas revistas de decoração.

— Não me diga que você quer que eu vá só para contar para você como é lá dentro!

— Mas você agora está adivinhando meus pensamentos, Lia?

Percebi que ela exagerava, só estava tentando me convencer a ir a uma festa, porque devia achar que estava chegando a hora de eu ficar mais sociável. Foi quando minha irmã apareceu e acabou descobrindo que também era convidada.

— Vou adorar! Vou adorar! — a Raquel ficou repetindo. Um espírito de papagaio parecia ter baixado nela.

"Pois agora que não vou", pensei. E fiz minha mãe entender que não tínhamos roupas adequadas para comparecer àquela mansão de capa de revista. Ela deu uma olhada na direção da Raquel, sacudindo a cabeça. Eu tinha tocado no ponto certo. Nossos vestidinhos, por mais bonitinhos que fossem, não estavam à altura de um aniversário da Lídia!

Mas o inimigo conspirou contra nós. Bastou meu pai chegar do trabalho e a "Raque" se trancou com ele na sala de televisão. Na hora do jantar, ficou o tempo todo com cara de sonsa, o que me deixou com uma pulga atrás da orelha.

No sábado de manhã, entendi o que foi tramado na sala de televisão. Ela fez a cabeça dele!

— Vamos para o *shopping*! — papai falou com uma animação pouco normal.

E explicou que queria fazer uma surpresa para mim. Intrigada, mamãe fez com que ele adiantasse o teor da surpresa.

— Não vou deixar minhas filhas sem roupas para a festa! E ainda vamos comprar um presente para a Lídia!
— Posso saber se você ganhou em alguma loteria? — disse minha mãe.
— Para que existem os cartões de crédito? — ele respondeu com outra pergunta. E explicou que ainda poderia parcelar as compras em quatro vezes.

16

E lá desembarcamos, Raquel, eu e o presente, diante de uma casa com jardim. O primeiro problema era o presente, que a maninha se recusava a carregar.
— A amiga é sua, Lia. Você é quem tem de entregar.

O presente era simplesmente um urso de pelúcia enorme, que meu pai escolheu. Na verdade, me descuidei dessa etapa, preocupada com o vestido. Aliás, os vestidos. E este era o segundo problema.

Na loja, como eu não tinha nenhuma ideia do que queria usar, a vendedora me empurrou aquilo. Tenho de confessar que foi o único que ficou certo no meu corpo, já que não dava tempo para consertar os outros. Foi a primeira vez, aliás, que duvidei das habilidades de minha mãe. Costura com ela é só remendo ou repregar botão. Houve também influência da *hacker*, digo, da Raque. Ela achou linda a estampa de meu vestido. E ali estava eu, envergando aquela imitação das listras de uma zebra.

Ao ver o que ela tinha escolhido para ela, ainda tentei impedir que a compra se consumasse. Mas minha zoológica irmã insistiu que estava linda dentro daquele vestido cujo tecido copiava as manchas de uma onça.

Onça, zebra e urso estávamos parados diante daquela casa com jardim. O único sem sombra azul nos olhos era o urso. Por que foi que me deixei maquilar? De novo, culpa de meu pai. Achou que a cara rebocada da caçula estava linda e

convenceu minha mãe a usar em mim a mesma maquilagem da minha irmã. Recusei a me olhar no espelho. Tinha medo de que ele revelasse a sósia mais velha da Raquel.

Desajeitada com aquele embrulho prateado (pior, só se fosse dourado), xingando meu pai pela escolha daquele monstro de presente e a mim mesma pelo descuido de não ter trocado o urso por qualquer coisa que coubesse num pacote mais discreto, descobri que não sabia como entrar numa casa com jardim e aquela grade tão alta em torno dele.

— Deve ter uma campainha, um interfone. Procura para mim, Raquel!

Mas ela simplesmente empurrou o portão, que, obviamente, não estava trancado. E as três criaturas disfarçadas de bichos verdadeiros mergulharam nas sombras do jardim. Minha irmã observou que, se a casa fosse dela e estivesse dando uma festa, daria um jeito de iluminar o máximo possível a entrada. Intimamente concordei com ela. A Lídia tinha uma família estranha. Gente que morava num casarão daqueles, mas que economizava na iluminação. Ou, então, a fachada da casa estava precisando de uma pintura nova e a pouca luz era para disfarçar.

Pisando nas pedras com cuidado, pois nossos sapatos eram novos, percorremos o caminho em rampa até a casa, que ficava numa posição mais alta. Aquela era uma casa bem velha, dava para perceber. E algo sinistra. A casa também era, parcialmente, revestida de pedras.

"O que será que vai acontecer aí dentro?", pensei, com um calafrio, antes que meu dedo apertasse a campainha.

17

Duas mulheres altas e vestidas de negro apareceram numa saleta também mal iluminada, logo que a porta da casa se abriu diante de nós. Uma tinha cabelos vermelhos e a outra cabelos pretíssimos. Nem o preto nem o ruivo

eram de nascença. A ruiva era mais nova que a morena. Como eu não sabia o que dizer, a Raquel falou por mim. Penso que deveríamos ter ensaiado as nossas falas. A frase de minha irmã não me pareceu a mais conveniente.
— A Lídia está?
— Entrem, vocês devem ser colegas dela, não? — falou a ruiva.
— Sou a irmã, a colega é ela — continuou a Raquel.
— E eu sou a avó e ela, a mãe da Lídia — explicou a morena.
Como eu não me mexesse, a mãe arrancou o urso dos meus braços.
— Pode deixar o presente comigo!
A mais velha chamou:
— Venham com a gente.
Passamos a seguir a dupla. Notei que as mangas da mãe eram curtas, ao passo que as da avó eram compridas. Mas ambas usavam as mesmas meias escuras e se equilibravam igualmente sobre saltos altíssimos. Os perfumes que ficavam no ar atrás delas eram diferentes. Brilhos faiscavam das orelhas e dos pescoços. Não reparei nos dedos, nem mesmo quando a mãe pegou meu embrulho.
Para passar para a outra sala, tive rapidamente que ultrapassar um espelho. E vi alguma coisa parecida comigo refletida no vidro. Chegamos a uma sala mais bem iluminada, grande pra caramba. Como se fossem duas salas grandes e outra menor sem nenhuma parede entre elas. Havia grupos diferentes de poltronas e sofás e uma profusão de tapetes.
— Fiquem à vontade. Vou chamar a Lídia — disse a avó.
A mãe deu um jeito de desaparecer com meu urso. Em um dos lados da sala, o maior, já havia muita gente aboletada nos sofás. Quis ir para o cantinho menor, mas a Raquel me puxou para o outro sofazão, que estava vazio. Ficamos ali, meio perdidas e sozinhas. Não podia deixar de olhar em volta. Fiquei impressionada com o tamanho dos quadros, nunca tinha visto nada tão grande. E uma parede estava coberta por um tapete, aliás bem velhinho.

Aquela casa não se parecia muito com as fotos das revistas de decoração que minha mãe às vezes comprava. Era muito dourada, cheia de vasos e estátuas estranhas. Algumas serviam para iluminar. Aliás, ali, se tinha mais luz que na saleta de entrada ou no jardim, poderia ser ainda mais claro. Percebi que o grande lustre de cristal do teto não tinha sido aceso. As pessoas daquela casa não gostavam mesmo de claridade.

E aí surgiu a Lídia, também vestida de preto e usando um colar de pérolas. Senti o perfume, quando nos abraçou. Mas os saltos dela não eram muito altos.

— Raquel, Lia, vamos lá para dentro.

E lá fomos nós, de novo. Quando passei pelo grupo de pessoas no fundo da sala, senti os olhares sobre mim. O que estariam achando da zebra? Olhei para eles, com um sorriso forçado. Não percebi os cumprimentos. A não ser o da onça ao meu lado:

— Oi, gente!

18

Por trás daquelas pessoas havia um arco na parede e, depois do arco, uma porta de vidro dando para um outro jardim. No jardim, uma piscina com ar de que não era mais usada. Na beirada dos azulejos, dava para perceber o lodo que tinha se juntado. Em volta da piscina, havia mesinhas brancas, móveis de jardim comuns, com cadeiras brancas. E toalhas também brancas sobre a mesa. Cada uma com um arranjo de flores. Havia uma hera cobrindo o muro da casa.

Lídia fez a gente dividir a mesa com um casal de namorados e logo foi chamada para receber outros convidados. Os namorados nem olhavam para a gente, preferiam ficar se amassando.

Cochichei com a minha irmã:

— Esta não é a casa da Lídia!
— Como você sabe?

— Tem cara de ser a casa da avó. Tudo é meio velho.
— Deve ser mesmo — a Raquel se convenceu.
Alguém do lado falou para nós.
— Conheço vocês duas!
Olhei e vi um rosto que já tinha visto, sem conseguir me lembrar de onde. Era um rapaz.
— Oi! — a Raquel logo cumprimentou. — Eu sei quem você é, só não sei seu nome.
— Arnaldo — ele falou.
Fiquei na mesma. Minha irmã, depois de revelar nossos nomes, refrescou minha memória, dizendo que sempre ouvia a música que ele tocava.
O Arnaldo era o nosso vizinho que tocava órgão. Aqueles óculos, claro! Só não me lembrava de como ele era magro. E parecia que tinham nascido mais espinhas ainda em seu rosto.
Um garçom apareceu com comida e refrigerantes. Tanto a Raquel como eu fomos educadas, nos servindo uma vez só. O Arnaldo então disse que ali havia um piano de verdade e que poderia tocar para a gente.
— Querem ouvir?
Eu e minha irmã nos olhamos, sem saber o que responder. Então senti que os companheiros de mesa nos olhavam de um jeito tal, que me vi respondendo:
— Sim.
— Não.
A segunda resposta, claro, foi da Raquel. Mas ela mudou de ideia, quando me viu levantar, depois que o Arnaldo perguntou:
— Então, vamos?
Não acredito que fosse para me fazer companhia. Era bem capaz de me deixar pagando sozinha aquele mico. É que ela, finalmente, percebeu as intenções nos olhares do casalzinho e não teve coragem de segurar sozinha aquela vela.
— Vamos, sim — ela respondeu por nós duas. Hábito que já tinha tomado desde que pusemos os pés naquele lugar.

19

Poderia ser uma cena daqueles filmes antigos, que costumam passar à tarde na televisão. Duas garotas em pé, ladeando o pianista. Mas o Arnaldo não só não tinha um cigarro no canto da boca, como não tinha trazido um copo de uísque para cima do piano. E o piano nem de cauda era. E, para dizer a verdade, o Arnaldo no piano não era muito melhor do que o Arnaldo no órgão.

E a onça e a zebra, ali de figurantes, nada tinham de Hollywood. Eram mais duas otárias que tinham dado corda a um chato. Foi quando apareceu um outro ator para fazer parte da comédia.

— Vocês não vão ficar aí agora! — disse o homem gordinho e careca.

O Arnaldo começou a protestar, mas eu logo concordei com o homem. Quem não se decidia era a Raquel. Até ouvir o que o coroa propunha:

— Não vão perder a boate!

Aquela era uma palavra que eu já tinha ouvido alguma vez, mas que fazia mais sentido para minha irmã, que, animadíssima, correu para junto do velhote. E lá fomos todos, de novo casa adentro, e agora para baixo. O tal lugar ficava no porão.

Mais escuro do que tudo. Tinha uma luz azulada, nuvens de fumaça e as pessoas estavam dançando, meio espremidas, ali dentro. Uma bola horrorosa, cheia de espelhinhos, ficava pendurada bem no meio do teto. Aquela bola, juro, já tinha visto num filme bem brega! Um lugar para dançar, uma danceteria ou, como dizia minha mãe, uma discoteca. Aquilo é que o homem chamava de boate.

A Raquel logo começou a dançar sozinha. Eu ainda olhava, apalermada, quando o homem me puxou para dançar com ele. E queria que eu imitasse os pulinhos que ele dava, sacudindo os braços. Ainda bem que ali estava tão escuro!

A Lídia apareceu, com a cara meio azul e meio prateada, porque a bola do teto refletia em cima dela. Falou alguma coisa que eu não ouvi e então praticamente gritou na minha orelha:

— Está gostando do meu avô?

Ao mesmo tempo que descobria a identidade do meu par, fiquei livre dele. Ao ver a neta, decidiu saracotear com ela, e a Lídia, rindo, começou a imitar os pulinhos do velho.

Então dei de cara com o Arnaldo, logo que me virei, já querendo sair dali, e o meu vizinho me tirou para dançar com ele. Mas ele era tão bom dançarino quanto pianista. Logo que pisou meu pé, deixei que se desculpasse e pedi:

— Melhor a gente parar, não?

20

No meu quarto, livre dos sapatos, mas ainda na minha pele de zebra e com o rosto borrado, esperava que a Raquel desocupasse o banheiro. Tinha vontade de tomar um banho e me livrar da maquilagem e sobretudo do cheiro de cigarro que saía do meu vestido e até do meu cabelo. Tinham fumado em mim e eu me sentia um cinzeiro. Com certeza, além da fumaça artificial daquela boate, havia no ar a fumaça de cigarros, tudo concentrado naquele espaço sem janela e apinhado de pessoas.

Então peguei a orelha do Renato e passei a contar para ela da festa. No começo eu fantasiei, já que ela não era uma orelha verdadeira:

— Você perdeu! Devia ser amigo da Lídia, para ser convidado. Uma comemoração digna das Mil e Uma Noites, ou, como meu pai costuma dizer para desmerecer nosso dia a dia, uma festa de primeiro mundo! Havia um pianista fantástico, de olhos azuis, tão claros, quase transparentes, assim como a água daquela piscina. Meu vestido era lindo, todo branco, rodadíssimo, inteirinho bordado de brilhantes! O dono da casa, um senhor tão elegante, no seu traje preto e usando luvas brancas, me tirou para dançar e nós dois rodopiamos sozinhos no salão, as outras pessoas abrindo a roda para nós. Eu era, claro, a pessoa mais importante da festa, e era minha obrigação abrir o baile. Então, a cada rodada nos aproximávamos de um casal, que também começava a rodar. Até que todos os casais dançavam à nossa volta. Sobraram apenas o pianista, porque estava tocando, e minha pobre irmã, porque ninguém se lembrou de convidá-la, talvez por causa daquele vestidinho cinzento e tão sem graça. Quando terminou a música, o dono dos belos olhos azuis veio até mim, me tomou pela mão e disse para eu ir com ele para outro lugar, onde ele tocaria só para mim...

Mas eu mesma não achava tanta graça naquela história e resolvi abrir o jogo com a orelha.

— Talvez fosse bom se você tivesse ido de verdade. Assim aquela festa deixaria de ser tão chata e eu não teria que aguentar o insuportável do nosso vizinho se exibindo o tempo todo ou pisando no meu pé. Mas, se você fosse mesmo, era bem capaz de nem falar comigo. Teria ido por causa da Lídia e vocês dois iriam dançar e até cochichar e rir do urso de pelúcia que eu levei de presente. Ou me achar ridícula, junto com minha irmã...

— Pronto, o banheiro está livre!

Foi falar no diabo e ele apareceu. Por pouco, ela não me pegou ali, parada diante da estante e conversando com a orelha. Felizmente, foi direto para o quarto dela. E não descobriu, ainda, que eu sou meio doida.

21

A Rô voltou para o colégio a tempo de participar da caminhada ecológica. Era uma atividade conjunta entre Ciências e Educação Física, durando a manhã e a tarde de um sábado. Parecia interessante. O único senão era ser comum ao sétimo e ao sexto ano. Felizmente, havia dois ônibus.

Papai quis reclamar com a direção da escola dos dois especiais da Viação Veloz alugados para nos levar até o início da serra, quando teria início a caminhada, na verdade uma subida até o topo. Depois desceríamos, nos refrescaríamos numa cachoeira, faríamos um piquenique e pegaríamos o ônibus de volta. E iríamos recolhendo pelo caminho amostras da natureza, tipo pedras e plantas. Os professores de Ciências iriam dando explicações sobre o meio ambiente e os de Educação Física organizariam a marcha.

Mesmo com a crítica de mais outros pais sobre o estado dos ônibus, a representante da diretoria garantiu que eles tinham passado por uma revisão, tinham pneus novos e o freio estava ótimo. Então embarcamos naqueles veículos, que tinham mesmo aparência de bem mais velhos do que nós, alunos.

Roberta olhou desolada para o especial do sexto. É que embarcaram nele o Valdir e o Rodrigo, o professor de Educação Física. No nosso, vieram a Valdete, nossa instrutora de Educação Física, e a Marisa, de quem vimos pela primeira vez as mãos e os braços. Aliás, sem nenhuma bolha ou sinais de urticária. Sem aquele avental, dava até para perceber que era bem mais magra do que eu tinha imaginado.

Mais desolada ainda minha amiga iria ficar. Demorou para entrar no ônibus e quando subiu, me procurando, o lugar ao meu lado já estava ocupado pela Lídia. A Rô me lançou um olhar zangado. Eu já tinha contado a ela que tinha sido a única convidada da nossa turma para aquele aniversário. E agora, no mínimo, estava pensando que eu traía nossa amizade, por interesse pelas joias da Lídia ou pela piscina velha da casa da avó dela. Mas eu não tinha combinado nada com a Lídia. Ela apenas entrou depois de mim e achou um lugar disponível. E eu não iria expulsá-la, como é que eu poderia?

Roberta sentou-se sozinha no banco à nossa frente, com certeza querendo ouvir a nossa conversa. Logo ganhou a companhia da Valdete, que não parecia gostar muito de mim nem da Rô, porque vivia chamando a gente de preguiçosa. E parece que eu perdi mais um ponto na admiração dessa professora.

Quando me viu sentada atrás dela, sentiu-se obrigada a comentar o fato de que eu e minha irmã éramos bastante diferentes. Até aí, óbvio, nada a discordar. Então, a revelação. A Raque, tão disposta, tão esforçada e tão bonitinha, tinha sido incluída na equipe de ginástica de solo.

Aquela equipe que reunia as meninas mais enjoadinhas do colégio, que se sentiam as donas do pedaço, só porque mostravam as pernas e viravam cambalhotas! E eu que nem sabia! As coisas dela eram só para ela, nada de comentar comigo. Mas na hora de filar festas à minha custa, lá estava a sonsa, toda interessada!

Bom, tive, além da raiva e do ciúme da Rô, de engolir que a Valdete não me achava nem esforçada nem disposta. Muito menos bonitinha. Pois eu que não iria quebrar o pescoço para pertencer àquele grupo de pentelhas!

Ainda bem que ela buzinou o resto da viagem no ouvido da Rô. E minha colega não pôde perceber todos os detalhes de minha conversa com a Lídia. Fiquei sabendo que ela e o Arnaldo eram primos e que o avô dela, aquele carequinha engraçado, era dono de uma joalheria. Fiquei com vontade de perguntar (mas claro que não perguntei!) se o pai tinha uma perfumaria, mas aí notei que nem tinha visto o pai da Lídia na festa.

Naturalmente, perguntei por ele. Juro que não imaginei que ela poderia ser órfã. Mas não era. O pai só era divorciado da mãe e vivia em Miami. Logo me lembrei que tenho uma tia em Miami também, a irmã da minha mãe. E a Lídia achou ótima a coincidência. Disse que iria para Miami nas férias, quem sabe a gente poderia ir juntas.

Nessa hora, notei que a Rô não estava nem aí para a falação da Valdete. Pois ela se virou para trás e me olhou com uma expressão de "não estou acreditando!".

22

A Viação Veloz desenvolvia velocidades diferentes, e nós chegamos ao pé da serra bem depois do outro ônibus. Achei até bom ao ver que eles já tinham começado a caminhada. A Rô (dei um jeito de ficar perto dela, quando descemos) queria que andássemos mais depressa, talvez para avistar o Valdir.

Mas lembrei a ela que tínhamos encontro marcado na cachoeira. E não conseguiríamos tanto fôlego para subir aquele morro, fazendo parte do grupo dos preguiçosos.

    Eu mesma até gostava quando a Marisa nos juntava debaixo de uma árvore e começava a falar das características daquele vegetal, às vezes apanhando uma folha, amassando entre os dedos e depois fazendo circular entre nós, para que percebêssemos o cheiro. No mato havia algumas ervas medicinais, que a gente ia incluindo na nossa colheita. Fui ficando com o maior calor, porque minha mãe tinha me convencido a usar umas roupas mais quentes, ao dizer que o clima na serra era mais frio. Achava, quando saí de casa, que não ia precisar tirar o maiô da mochila e que o banho na cachoeira nem ia acontecer.

    Uma hora a Patrícia pegou a Lídia e a Rô pelo braço e as três fizeram um grupinho. Sozinhas íamos apenas eu e a Márika, mas a tcheca estava curtindo colecionar todas as pedras do caminho e até, quando tinha chance, discutia com a Marisa a qualidade de cada mineral. Eu só tinha apanhado para mim uma flor amarela, na verdade um cravo-de-defunto, que, apesar do nome, eu acho bonito. Então surpreendi o Miguel e o Renato observando uma aranha. Cheguei perto e vi uma cena meio repelente: a aranha tinha apanhado uma mosca em sua teia. Mas a teia da aranha era uma renda linda, de um desenho tão perfeito!

    Daí passamos a caminhar juntos os três, e o Miguel chamou nossa atenção para um passarinho. Tinha um rabo diferente, em forma de tesoura. Senti vontade de também ter asas e continuar o caminho voando. Mas logo desisti da vontade. Estava boa a companhia, embora os meninos me forçassem a andar mais rápido, para acompanhar as passadas deles. E a gente estava chegando ao alto. Que bom! Foi feita uma parada para descanso e a turma toda se reunir de novo.

    Adorei sentar e olhar as coisas lá de cima. Um pouco como fazem os pássaros. O céu parecia tão perto. Havia muitas pedras brotando do chão, algumas pontiagudas. Dali a gente via a estradinha que subimos e outras trilhas. Vimos lá embaixo a estrada por onde tinham rodado os ônibus. Vimos os bonés do sexto ano já percorrendo a descida. E ouvíamos o barulho da água. No meio da vegetação, dava para perceber o ruído do rio correndo entre as pedras. Daquelas alturas, ele despencava mais embaixo na cachoeira.

A Valdete logo nos provocou para descer. Como é que iríamos deixar o sexto ano colocar uma distância tão grande entre nós? E lá fomos nós morro abaixo. Dizem que pra baixo todo santo ajuda, mas descer me dá uma certa aflição. Fico com medo de escorregar e sair rolando e me ralando pelas pedras.

E uma hora o caminho encravava, justamente por causa de umas pedras. Vi a Tatiana pedindo ajuda ao Miguel. Ele a ajudou a descer. E aí chegou minha vez. Uau, que frio na barriga! Então, alguém me pediu para esperar e passou na minha frente. Era o Renato. Achei que ele fosse escorregar na pedra, mas ele logo recobrou o equilíbrio e lá debaixo me estendeu o braço e eu segurei na mão dele, depois no ombro e pulei.

Foi só um segundo, ou talvez dois. Mas minha mão suada ardeu dentro da mão dele. Minha outra mão sentiu a pele também suada sob a camiseta dele. Aterrissei com os olhos bem diante da orelha, a orelha que eu tinha copiado e levado para casa. Mas aí ele já tinha soltado minha mão e caminhava de novo à minha frente.

— Puxa, que calor!

Era a Rô atrás de mim.

23

Quando chegamos à cachoeira, os colegas da minha irmã já tinham ocupado os melhores lugares. Alguns já estavam dentro d'água. Ouvi um suspiro perto de mim. Era a Pat ao perceber o Rodrigo de sunga. Logo cochichou alguma coisa com a Rô. Apontou para o Valdir, que chegava perto do

Rodrigo, também com sua roupa de banho. Mas o olhar da Roberta era de decepção. Do lado do professor de Educação Física, o de Ciências era descorado e até meio flácido. Se era tão mais bonito de roupa e de rosto, não podia competir com os músculos malhados do Rodrigo, até feinho de cara e começando a ficar careca.

— Acho que alguém acaba de perder o ídolo — falei para minha amiga.

— Pois eu mudei o meu — disse a Patrícia, ainda de olho no Rodrigo, que fazia pose para mergulhar.

— Antes eu ainda estivesse gripada — a Rô comentou, com tristeza.

Imaginei que não deve ser muito agradável despencar das nuvens, ela que cultuava o Valdir como se fosse um galã da novela das sete. Se não tivesse vindo, ela nunca ia descobrir como ele era branquelo e que começava a ter uma barriguinha. O Valdir custou a criar coragem para pular na água atrás do novo rei dos sonhos da Patrícia. E quando fez, deu a maior barrigada, provocando a vaia dos alunos que estavam na água.

Então, foi a vez da Valdete aparecer de biquíni, se sentindo uma sereia, e até que para a idade dela não estava tão mal.

— Vão se trocar, meninas! — ela nos desafiou.

A Rô e a Pat estavam com seus maiôs por baixo da roupa e, para elas, era fácil. Mas eu tinha o meu dentro da mochila! Como é que eu ia me trocar ali, na frente de todo o mundo? Falei que ia ficar de roupa, mesmo. Mas a Marisa sugeriu que eu me trocasse atrás de uma pedra. Eu não queria, mas a Pat veio com uma toalha.

— Vamos improvisar uma cabine para você!

Senti que os meninos já estavam olhando para mim. Por que é que eu não esqueci em casa aquele maldito maiô? Lá estava ele na mão da Rô, que havia aberto minha mochila sem minha ordem!

— Cuidado para não vestir pelo avesso — ela ainda me gozava.

A Marisa ajudou a Pat a segurar a toalha e lá fui eu tirar a roupa, virada para a pedra. O maiô eu segurava entre os den-

tes, enquanto tirava o tênis e depois cada peça que eu vestia. Só me esqueci das meias. E apareci com elas e de maiô, ao sair daquela "cabine". A Rô, quando me viu, dobrou de rir. Eu não estava entendendo por quê, quando a Marisa me avisou das meias.
Ainda bem que os meninos não viram.

24

A água estava gelada. Que arrependimento ter entrado! Bem fez a Rô, que ficou no seco, com medo de que sua gripe voltasse. Mas eu me sentia tão suada, que precisava me molhar. O Leo e a Lídia me ajudaram a subir até uma pedra para que eu pudesse sentir a ducha. Aquela água metralhando nas costas a princípio me deu medo, mas depois eu relaxei e comecei a gostar.

Duro foi voltar para a água fria para nadar até o outro lado. Procurei um lugar onde batesse o sol. Primeiro para me aquecer, porque eu tiritava. Depois, porque era o único jeito de me secar, pois a idiota das idiotas não tinha trazido toalha! Finalmente, consegui que meus músculos começassem a se descontrair, apesar daquele chão áspero debaixo de meu corpo. Fechei os olhos, sentindo o sopro do sol sobre minhas costas.

Torcia para o sol durar bastante, pelo menos até eu ficar bem seca. Quando abri de novo os olhos, percebi, à altura deles, outra teia, que balançava ligeiramente com o vento, como se fosse uma cortina. Felizmente, era só a teia, sem a aranha. Através dela, vi mais abaixo um perfil muito conhecido. Aquele nariz, aquele queixo, que eu pude observar tão bem na aula de Artes. De repente, um sorriso surgiu no rosto dele. Renato acompanhava, interessado, alguma coisa mais abaixo de onde ele estava.

Ergui a cabeça e vi, numa espécie de relva, num lugar mais plano, as tais meninas da ginástica de solo se exibindo. Entre elas, alguém muito conhecido. A Raquel tinha conseguido a melhor maneira para demonstrar seu assanhamento. Lá estava ela, armando uma pirueta, com a bunda pra cima. Nem se deu conta de que tinha se sentado antes na lama e o traseiro de seu biquíni estava todo marrom!

Procurei de novo pelo Renato e ele já não estava no lugar. Ouvi então o baque de um corpo na água. Ele tinha mergulhado, vi a cabeça dele aflorar ao lado da de outro menino. Era o Miguel. Tive uma súbita vontade de me juntar a eles. Mas uma nuvem escondeu o sol. Fiquei com medo de não conseguir me secar mais, caso voltasse a me molhar.

Não fui nadar e decidi procurar a Rô. Acabei patinando numa pedra, onde alguém, molhado como eu, tinha se deitado. Ia caindo, se não me segurassem. Nem agradeci, pois senti o maior asco da mão do Ronaldo em minha cintura. E ela se demorava em me soltar.

— Tudo bem, Ronaldo, não precisa segurar mais!

— Está procurando sua amiga? — ele perguntou, parecendo adivinhar o que eu fazia.

Tive de empurrar aquela mão para ela desgrudar. Ele me perguntou se eu queria que me levasse até a Rô. Meio desconfiada, acabei aceitando. Mas mandei que ele fosse andando na frente.

A gente foi seguindo por um caminho que margeava o rio e ia meio por dentro do mato. De repente, encontramos de novo a água. Borboletas enormes e coloridas me chamaram a atenção e não reparei no sorriso do Ronaldo, que me olhava, com os braços cruzados.

— O que foi? — perguntei.

— Não estava procurando a Roberta?

Com o queixo, me apontou para uma pedra, onde havia alguém sentado. Mas aquele era o Luís Antônio. Já ia dando meia volta, quando senti o Luís Antônio se mexendo e percebi que ele abraçava outra pessoa.

Não queria acreditar, mas quem estava ali, se amassando com aquele cara imbecil, era a Roberta! Tive vontade de gritar com ela, para que viesse comigo, mas tive de empurrar o Ronaldo para que não botasse as mãos de novo em mim.

— Vem, vamos arrumar uma pedra só para nós, Lia...

Ele acabou indo parar dentro d'água, me xingando de louca, depois que o empurrei. O barulho que fizemos assustou o casalzinho. E senti que os três vinham atrás de mim.

Eu não respondia, enquanto os escutava chamando meu nome. Que decepção! Como a Rô se envolvia com aqueles caras?

25

Fui a primeira pessoa a entrar no ônibus. Nem senti o gosto do sanduíche ou da maçã que engoli no piquenique. Agora tinha um maiô molhado dentro da mochila. Meus cabelos estavam quase secos. Abri a janela do ônibus, para que aquele restinho de sol e o vento acabassem de enxugar as pontas, enquanto passava o pente sobre elas.

Estacionado perto, o outro ônibus, ao contrário do nosso, estava quase cheio. Vi o Rodrigo na porta, assobiando para os retardatários. O Valdir, reclinado no último banco, parecia dormir. O pessoal do meu ônibus também já vinha chegando. Percebi a Rô entre o Ronaldo e o Luís Antônio. Agora formavam um trio!

Vi a Lídia subindo, na frente da Márika. Fiquei com medo de que ela se sentasse com aquela garota. Acenei para ela:

— Lídia, estou guardando o seu lugar.

Ela veio sorrindo na minha direção. Acreditou na minha mentira. Eu só não queria que a Rô chegasse perto de mim. Ou o Ronaldo.

Alguns garotos do outro ônibus vinham correndo. Aliviada, olhei a Lídia ajeitando a mochila dela no compartimento acima de minha cabeça. A Roberta estava, naquele momento, subindo no ônibus. Virei o rosto para o lado de fora.

O Renato vinha vindo, com duas garotas baixinhas. Não eram de nossa turma, pois ele as acompanhou até o outro ônibus. As duas tinham os cabelos presos em coques, mania das atletas da ginástica. Só então percebi que uma delas era minha irmã.

O que eu tinha vindo fazer naquela caminhada ecológica? Descobrir que o mundo inteiro conspirava contra mim?

A Valdete e a Marisa chegaram e mandaram o motorista buzinar para os atrasados. Quem estava dentro do ônibus começou a vaiar, por causa das buzinadas. Foi no meio das vaias que o Renato subiu no veículo.

Vinha olhando para mim. Chegou perto e parou na minha frente.

— Simpática a sua irmã, Lia!

Nisso, o motorista buzinou com mais força e os protestos contra ele recomeçaram. Senti a vaia brotar de dentro do meu peito e jorrar como um uivo.

— Nossa, Lia!

Lídia tapou os ouvidos, assustada. Eu continuei uivando e percebi alguém que me fazia eco, com um uivo ainda mais agudo. Olhei e vi que era a Márika e, ao contrário de mim, ela parecia muito feliz ao soltar aquele grito.

26

No domingo acordei gripada. Minha mãe disse que eu não devia ter entrado na cachoeira. Concluí que eu não devia ter entrado era naquele ônibus da Viação Veloz. Por que meu pai não conseguiu impedir que aquelas carroças nos levassem para aquele fim de mundo?

Bem que poderia ter uma cobra no meio daquelas pedras. Para me inocular seu veneno. Ou então na minha irmã. As duas poderíamos ter morrido de uma vez só. E meu pai pelo menos ganharia um processo duplo, contra a escola e a empresa de ônibus. Se bem que a Viação Veloz não poderia ser culpada pelas serpentes assassinas de suas filhas. Mas, se os ônibus virassem, teríamos morrido junto de nossas turmas inteiras. Só que dificilmente os dois ônibus iriam capotar ao mesmo tempo.

Mamãe me deu bastante chá e cuidou de mim como se eu fosse uma criancinha. Por minha causa, ninguém foi almoçar fora e ela ainda me fez uma canja de galinha. Uma canja da Rô, eu pensei e quase perdi o apetite.

Mas depois as duas foram sozinhas para a missa. Raquel estava muito a fim de ir à igreja. Queria rezar, agradecendo ter sido escolhida para a ginástica de solo. Não precisava rezar coisa nenhuma. Bastava continuar puxando o saco da Valdete!

E lá se foi ela, com nossa mãe, usando agora aquele coque, que era a marca registrada das pentelhas da escola. Até na igreja.

Quando passou por mim, não fechei os olhos, mas tapei os ouvidos. Uma voz, vinda do meio das vaias, me repetia:

— Simpática, a sua irmã!

— Ué, filha, está com dor de ouvido? — mamãe perguntou, preocupada, ao me beijar, se despedindo.

— Só uma coceirinha, não é nada — menti.

E pensei que estava cada vez mais mentirosa. Talvez quem precisasse de igreja ali era eu. Mas não era, com certeza, a única pecadora no mundo.

Para eu não ficar sozinha, papai não foi à missa. Mas logo foi para a sala de televisão e arrumou um jogo de futebol para assistir.

Lembrei-me então da Márika, uivando junto comigo, e me senti tão sozinha. Fui atrás dele e perguntei se podia ficar ali.

— Claro, filha. Mas se enrola na manta.

Obedeci e me sentei ao lado dele.

— Se quiser, pode pôr a cabeça no meu colo — ele disse.

Eu quis. Não precisava olhar os jogadores correndo na tela do aparelho. De olhos fechados, sentia os dedos de meu pai acarinhando meus cabelos. Ah, como eu estava cansada, pensei, enquanto a voz da televisão ficava cada vez mais longe.

27

Não tive muito tempo para continuar gripada, porque logo depois iam começar as provas do bimestre. Estudar para aquelas provas me fez bem. Não só melhorei minhas notas, como ocupei minha cabeça.

É chato se afastar de uma amiga. No começo, a Roberta quis se explicar para mim. Até topei uma conversa com ela no recreio. Mas não aceitei, quando ela quis dizer que, entre nós duas, a mais normal era ela. Porque o Luís Antônio era um cara bonito e da nossa idade. E que eu só me interessava por homens adultos, daí a minha paixão pelo Valdir. Minha? Pelo que sempre soube, quem delirava por ele era ela mesma. Talvez tenha me influenciado para que eu o achasse interessante. Mas eu nunca me apaixonei por coroa nenhum! Quando acabei de dizer isso a ela, a Roberta veio então com um golpe muito baixo. Disse que eu devia ter medo de homem, então.

Será que queria dizer que eu não era normal? Lembro que respondi que nós duas éramos muito novas e deveríamos esperar a hora adequada para nos envolvermos com rapazes. Ela então riu, meio cínica. Como se a hora adequada fosse aquela e eu não estivesse percebendo. Odeio quando riem de mim. E disse preferir continuar atrasada, nesses assuntos, a me comportar como uma cadelinha.

Ela se sentiu insultada e nem voltou para a sala. Fiquei preocupada. Onde ela teria se metido? Percebi que o Luís Antônio também estava inquieto com a ausência dela. Esse mistério, do sumiço de minha colega pelo resto da manhã, nunca consegui desvendar. Porque no dia seguinte ela não olhou para mim. Quis me aproximar, tentar me desculpar, mas a Roberta me deixou falando sozinha.

Em casa, com meu travesseiro, ou com a orelha do Renato, me perguntava se ela não teria razão, se eu não tenho mesmo medo de homem. Pode ser que, no fundo, eu tenha algum, mas isso estava ficando para trás. A cada dia eu conversava mais com o Leo ou o Miguel. Não tinha medo deles, não. Do Ronaldo ou do Luís Antônio, muito menos. Não tenho medo e enfrento, pois eles não estão com nada. Tenho todo o direito de não gostar do tipo. Cafajeste. Outro dia, numa novela, percebi uma mulher xingando um homem com essa palavra. Acho que a palavra descreve bem o tipo que eles fazem.

Mas existem certos homens que me deixam tímida, embaraçada, sem graça. Acho que ficava assim com o Valdir, quando ele me perguntava alguma coisa na aula. A danada da Roberta não deixava de ter uma certa razão. Mas sempre soube que com ele eu não tinha chance. O Renato, claro, é outro. Só que aí é um pouco diferente. Por que não posso ter minha chance com ele?

A Lídia percebeu meu afastamento da Roberta e tentou me dar força. Falava mais comigo, às vezes ia comigo para a biblioteca para a gente estudar juntas. No recreio, eu mesma comecei a me aproximar da Tatiana. Ela também foi simpática e não me repeliu. E me deixava participar mais das conversas com seus dois companheiros de grupo, o Leo e o Miguel. Mas eu ficava sempre esperando o Renato se juntar a nós, já que ele é muito ligado no Miguel. Só que continuava tímida quando ele vinha falar com a gente. Não consigo me jogar para cima dos homens.

28

As férias do meio do ano chegaram. A Lídia foi mesmo para Miami. Evidentemente que eu não fui com ela, porque meu pai mora aqui. Além disso, o pai dela, ganhando em dólar, certamente tem muito mais facilidade para pagar uma passagem internacional. Nem sei se sinto inveja dela. Talvez um dia minha tia me convide para visitá-la. Mas eu precisaria gostar mais dessa tia. De todo modo, eu também não poderia ir para os Estados Unidos, porque a tia Maitê veio para o Brasil.

Aliás, quando ela finalmente chegou em nossa cidade, vendo minha mãe perto dela, pude entender melhor quem eu sou. Também entendi por que mamãe tem tantos problemas com a tia Maitê. Aliás, essa Maitê podia ser mãe da Raquel e um dia levar minha irmã para morar na Flórida. Com certeza, a Raquel vai para Miami muito antes do que eu. Vai ser muito mais fácil para ela do que para mim. Principalmente, se a tia só puder convidar uma sobrinha!

Sempre achei a Maitê uma peruaça e há muito percebo que mamãe, mesmo sem dizer explicitamente, acha o mesmo. Mas desta vez impliquei definitivamente com essa criatura, com seu cabelão louro (falso) e com seu nariz arrebitado (de plástica). Por que ela tinha de se meter com a minha vida? Ou, no caso, com a da Raquel, peitando o papai?

Mas a Maitê não iria se tornar uma figura tão nefasta, se não tivessem inventado uma festa junina lá na escola. Eu já imaginava que bela porcaria poderia ser uma festa misturando todos os alunos, desde o pré até o nono ano. Só as turmas do ensino médio é que não participariam, pois resolveram promover a festa deles, que seria, inclusive, à noite. Aquela festa ia ter quadrilha, dançada pelos menores, a criançada toda vestida de jeca. E barraquinhas, comandadas pelas mães dos que estavam até no quinto ano. Para nós, não restava muita coisa, a não ser fazer número, ou se empanturrar de canjica e pé de moleque.

E, apesar de tudo, lá fui eu, junto da Raquel, com mais um de seus coques. Agora ela só convivia com as outras meninas de coque. Não sei como elas não se ofereceram para um número extra, como pular a fogueira com seus saltos mortais. Era uma tarde de sábado, as aulas tinham justamente acabado um dia antes. Senti a maior pena pela Lídia não ter vindo. Ela tinha de preparar a viagem, pois as provas não tinham deixado tempo livre para ela se ocupar de tudo que precisava.

De repente, estava me afeiçoando à Lídia. E sem ter feito muito para isso. Na verdade, todo o esforço era dela. Nem entendi por que ela gostava de mim, assim de graça. Quando a gente estava no sexto ano, eu não queria saber dela de jeito nenhum.

Logo que a Raquel me abandonou, indo atrás da turminha dela, dei um jeito de procurar alguém conhecido. Mas quem me achou foi o Miguel.

— Também está perdida nessa confusão, Lia?

— Pois é, não estou vendo ninguém da nossa turma.
— Acho que não vem muita gente. O Leo mesmo viajou hoje cedo.
— Essa festa é mais para a criançada.
— Eu mesmo não estava muito a fim. Só vim porque o Renato insistiu muito.
— Então ele vem?

Veio sim, e eu não estava entendendo por que tanto interesse naquela reunião de pirralhos. Mas fiquei contente quando ele chegou, logo depois da Táti. Nós quatro nos entrosamos e até nos divertimos na barraca de pescaria. Se bem que eu não consegui pescar nada.

29

Sou meio lerda para pescar qualquer coisa. Mesmo aqueles brindes inúteis da barraca. Não controlo meu anzol como deveria, nem me concentro no alvo certo. Por uns bons minutos, depois daquela pescaria, fiquei sozinha com ele. Tatiana e Miguel tinham ido comprar cachorro-quente. Demoraram um tempão na fila.

Mas todo o assunto que eu encontrei foi a prova de Português da véspera. Achava eu que a Ester tinha um certo prazer em fazer as questões mais complicadas possíveis, só para dificultar para a gente, e que o Carlino, no ano passado, era muito mais objetivo. O Renato discordou. Disse que o Miguel e eu éramos os únicos fãs do Carlino. Ele tinha a maior aflição da mania que o nosso professor do sexto ano tinha de caminhar pela sala inteira, enquanto dava aula, espiando o que a gente escrevia no caderno.

— Além disso, os professores geralmente dão notas melhores para as meninas — ele disse.

— Quando elas merecem — eu objetei. — O Carlino mesmo sempre considerou o Miguel seu melhor aluno.

Então, o interessado chegou e entrou no assunto. Eu

fiquei me lamentando pela fila do cachorro-quente não ser assim tão enorme. A Táti veio comentando que tinha valido a pena, que o sanduíche estava ótimo, insistindo para eu dar uma mordida. Resisti bravamente. Não queria me arriscar a sujar a boca de mostarda.

Será que eu teria alguma fantasia de que o Renato fosse me beijar? É claro que na hora eu não estava pensando nisso! Só imaginei no dia seguinte, para me martirizar.

Bem que eu podia ter me lambuzado de mostarda, de *ketchup*, do molho todo! Pelo menos teria ficado que nem ele. Pois o cara não resistiu e mordeu de mau jeito o sanduíche do Miguel e tudo espirrou na camisa dele.

— Como você é lambão! — Riu o Miguel.
— Ô, lambão! — a Tatiana falou ao mesmo tempo.

Ele correu para o banheiro para passar uma água, mas voltou com a roupa manchada. Mas depois relaxou, não se importou mais. A não ser na hora em que a Raquel chegou perto de nós, apontou para ele e perguntou:

— O que foi isso?

Eu nunca tinha visto o Renato perder a graça. Mas ele ficou todo embaraçado por ter a camisa manchada na frente da minha irmã.

— É que eu sou um Zé Lambão — acabou dizendo, com um riso amarelo.

Então, mudaram a música. Trocaram o forró por algo mais dançante, mais na moda.

— Vamos dançar, gente? — a Raquel propôs.
— Por que não? — disse o Renato.

A Tatiana pegou a mim e ao Miguel pela mão e não deu tempo a nós dois para sentirmos vergonha. Logo estávamos os cinco, quase fazendo uma roda, mas dançando separados. A Raquel, claro, achando que estava numa exibição de ginástica.

Mesmo assim, comecei a gostar de estar ali dançando. Afinal, achei naquele momento, tinha sido bom ter vindo. Um pouco depois, trocaram o *rock* por uma música lenta.

Muita gente deixou a pista. O Miguel e a Táti vieram atrás de mim. Mas, quando olhei para trás, vi minha irmã docemente envolvida pelos braços de Renato.

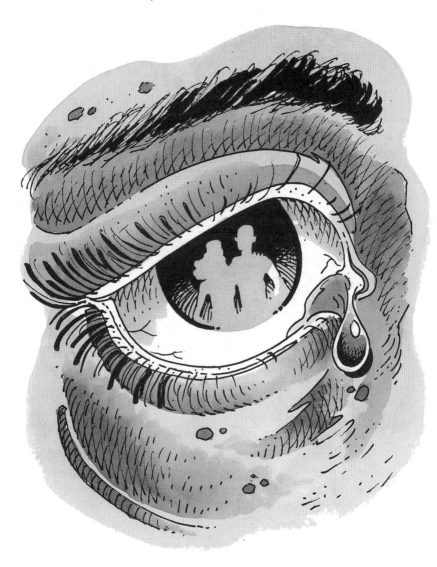

30

Não preciso dizer que a festa acabou para mim. Uma dor de cabeça começou logo em seguida e só consegui dormir depois de dois comprimidos. Ainda tentei me iludir, imaginando que tudo iria acabar ali. Só que o Renato começou a telefonar para a Raquel.

O pior foi quando ela me pediu para que saíssemos os três, para irmos ao *shopping*.

— E por que eu? — perguntei.

— Porque o papai nunca iria deixar eu sair sozinha com ele.

— Quer dizer que vocês estão de namoro.

— Não sei direito, mas quase.

— E eu vou servir de vela para vocês? De jeito nenhum!

Que humilhação! Só me faltava essa, eu pensei. Bem que ela tentou me subornar, me emprestando os CDs de que morria de ciúme. Queria até que eu usasse uma blusa dela, que aliás eu odiava, mas que ela nem tinha estreado.

— Não adianta, Raquel, você não vai me comprar!

— Mas, Liazinha...

— Que Liazinha o quê, garota!

Até aí, apesar de tudo, eu resisti. Não chorei nem uma vez. Só que tinha de atender àquele telefone! Era para mim mesma. Do outro lado da linha, o namoradinho da minha irmã, tentando me convencer para que saíssemos os quatro. Estava pondo o Miguel também na parada.

Falei com ele que não podia fazer nada, pois o papai não queria que a Raquel namorasse, pois ela só tinha onze anos. Sem saber, eu tinha dito uma verdade. Meu pai ficou uma arara, quando minha irmã foi dizer a ele que sairia sozinha com um garoto.

Estávamos nesse ponto, quando minha tia chegou. Há muito tempo a gente não a via. E ela parecia não se lembrar direito das sobrinhas.

— Mas as duas, cada vez mais parecidas. Se eu não conhecesse, ia dizer que são gêmeas!

Depois de dizer essa barbaridade, entregou seus presentes. Dois relógios, muito parecidos, e excelentes para enfeitar quartos de criança. E olha que a Maitê é decoradora em Miami! O relógio da Raquel tinha uma bailarina rodopiando em torno dele, de certa forma apropriado para quem faz ginástica de solo. O meu tinha uma figura de palhaço. Será que minha tia tinha um sexto sentido?

Acho que o meu relógio vai demorar muito para quebrar. Até lá fica no meu quarto, na minha estante. Quando ela for embora, dou um jeito de colocar uns livros na frente, escondendo esse outro palhaço. Já que a minha própria figura vai ser impossível disfarçar!

A Raquel parece que adorou as roupas da tia e elas logo começaram a trocar confidências. Já minha mãe começou a se sentir muito cansada com a presença da hóspede. E eu entendia por quê. Ela achava tudo simples demais lá em casa e queria fazer a cabeça da mamãe para alterar a decoração. E, para dar um toque, trouxe umas almofadas para o sofá da sala, que lembravam muito aquele meu vestido de zebra, só que acompanhadas de uns pompons dourados.

De repente, deu de sair sozinha com a minha irmã. Minha mãe até que achou bom não ter que acompanhar a irmã dela, mas estranhava por que é que eu não ia junto. Bem que eu não estava me importando muito. E então deu o maior bafafá! Papai descobriu minha tia e a Raquel saindo do cinema. O que tinha demais nisso? Simplesmente, havia uma terceira pessoa, que vinha de mãos dadas com a menininha de onze anos. A Maitê estava protegendo o namoro dela com o Renato!

31

Coitada da minha mãe. Teve de ouvir a explosão de papai. Para a tia, ele apenas virou a cara. Mas falou para a minha mãe tudo o que ele achava da cunhada. Enfim, aprendi a palavra sirigaita (que achei muito engraçada) e que ele usou para chamar a Maitê, entre outras, como coroa assanhada e devassa. Também fiquei sabendo que, embora solteira, ela vivia trocando de marido. E que era a pior companhia para a inocente da Raquel.

Quando ficou sozinha comigo, mamãe me abraçou e disse que ainda bem que eu tinha juízo. Não sei se ela estava me comparando com a minha irmã ou com a irmã dela.

— Deve ser barra para você ter uma irmã como a Maitê — falei para ela.

— Você não pode imaginar como! — ela respondeu.

Mas claro que eu podia. Não existia na minha vida uma Raque? A única diferença é que mamãe era a mais nova. Aí ela começou a me contar coisas do passado. De como a tia Maitê pegava no pé dela e do tanto que sofreu com a mania de competição da minha tia. Que se achava a mais bonita, a mais elegante (cruzes!), a mais namoradeira. Ela se insinuava para os primeiros namoradinhos da minha mãe, mas nunca gostou do meu pai. Achava que ele não valia nada (que cega!) perto dos rapazes com quem ela saía, porque não tinha charme, não se vestia na moda e tinha um carro velho.

— Fútil, a Maitê sempre foi tão fútil. E nunca teve muita imaginação.

Quem toda a vida gostou de coisas bonitas e dava um jeito de melhorar as coisas da casa era minha mãe, Maria Lúcia. Maria Teresa, a Maitê, nunca foi muito criativa, e foi seguindo a opinião e os conselhos de minha mãe, no princípio, que se tornou decoradora. Sempre correndo atrás de namorados ricos e bonitos e amigas simplesmente ricas, foi parar em Miami.

— Seu pai nunca gostou muito do jeito da Maitê.

— Não é pra menos!

A partir daquele dia, mamãe passou a sair com a irmã dela. Às vezes Raquel e eu íamos juntas. Nunca tomei tanto chá e tive que escutar mil vezes que Miami é tão melhor que o Brasil. Pelo que tenho ouvido falar e pela amostra de habitante que é minha tia, duvido muito. Quem ficava na maior impaciência com tudo era a Raquel.

Ah, um amor proibido! Como naquela história de Romeu e Julieta... Ela não podia mais ver o Renato. E os dois acabariam apaixonados para sempre! Será que papai ia tirá-la da escola? Será que os dois acabariam fugindo? Já imaginava que poderiam parar lá em Miami, junto da Maitê.

Pensei, então, que aquela seria uma boa solução, desde que o Renato não fosse incluído. Afinal, ele tinha pai e mãe, e eles não iriam querer ver o filho tão longe. Mas, se a tia levasse a Raquel com ela, tudo estaria resolvido...

32

Só que papai não teve essa ideia! Um dia bem que tentei dar uma indireta, mas a tia Maitê me fez saber que, se quisesse filhos na vida dela, teria se casado. Isso, se algum trouxa concordasse, eu pensei. Mas vi que o destino da Raquel era ficar mesmo lá em casa. Convite da tia ela não ia receber nenhum!

Um dia percebi minha irmã sussurrando ao telefone. Estava falando com ele, escondido! O que poderiam estar tramando? Possivelmente, nada de fugas ainda. As aulas já estavam para recomeçar e fatalmente se veriam na escola.

A Raquel levou o maior susto quando viu que eu tinha visto. Na hora ficou toda vermelha. Já ia gaguejar alguma mentira, mas ela, coitada, continuava muito lenta com as palavras. Quem falou primeiro fui eu.

— Como vai o Renato?

— Mas... que Renato?

— Você sabe que eu não sou boba, Raquel!

Ela resolveu então apelar. Ficou de joelhos na minha frente, suplicando para eu não contar nada ao papai. Achei aquilo tão ridículo que comecei a rir. Desconcertada, minha irmã se levantou, mas passou a chorar.

Me tranquei no meu quarto. Aquele choro era uma coisa muito grave. Ela estava mesmo apaixonada. Decidi que não contaria nada. Não ia me vingar. Mas estava apavorada. Quem deveria estar apaixonada era eu. Quem devia estar chorando era eu. E ela mal sabia disso. Não, ela não sabia de nada. Nem ela nem ninguém. Nunca me traí. Sempre me interessei por ele em silêncio. Nunca disse uma palavra à Roberta. Nem à Lídia.

O destino tinha resolvido me massacrar. Minha irmã apaixonada pelo único cara que me interessava de verdade. Meu Deus, nós duas tínhamos o mesmo gosto! Mas ele tinha preferido a pirralha. Será que a minha tia teria alguma razão? Externamente, nós duas não seríamos parecidas? Se éramos irmãs...

Pela primeira vez na vida, eu queria parecer com ela. Na verdade, queria estar no lugar dela! Queria ser olhada pelo Renato com os mesmos olhos com que ele olhava a Raquel.

Muito confusa, peguei a orelha, a única coisa que podia ter dele. Uma orelha que nem era mesmo dele. Um pedaço de barro que poderia cair no chão e se estilhaçar. Mas que eu acabava de pôr bem no alto da minha estante. Até aquela orelha se tornava inacessível.

Ela tinha tudo o que eu queria! Ah, por que a minha tia tinha de ser tão fria e se recusar a levar a Raquel com ela? A solução que eu tinha imaginado era a única possível. Só que não ia acontecer.

Perplexa, fui ver minha tia fazer as malas. Sentia o alívio presente na fisionomia de todos os outros da casa. Na Raquel, porque logo iria rever o namorado dela. Em meus pais, porque faziam de conta que a culpada de tudo era a Maitê. Será que não enxergavam o futuro? Que bastava agosto começar, para aqueles dois caírem nos braços um do outro?

33

Vi tudo de longe, na hora do recreio. Tive de me afastar, porque eles desconfiavam de mim. Ela me ter como inimiga não era o fim do mundo. Mas ele, eu não queria que me quisesse mal. Meio escondida, como se a criminosa fosse eu, espionei os dois se aproximando timidamente um do outro. Olharam para os lados, certamente à minha procura. Então foram caminhando para um canto. De onde estava, eu acompanhava, esticando o pescoço.

Não se abraçaram, não se beijaram, nem sequer se tocaram. Pois ninguém fazia isso na escola. Devia ser proibido, nunca vi ninguém fazendo. Nem a Roberta com o Luís Antônio. Só iam se abraçar na rua, aqueles dois. A princípio, ela e ele só olhavam para o chão. O Renato tinha até as mãos no bolso. Ela ajeitava aquele coque, que não tinha usado em nenhum dia das férias, mas que tinha refeito para voltar à escola. Uma hora se olharam. Meu coração disparou. Eles se olhavam e eu sabia que um olhar bastava para que confessassem o tanto que um gostava de estar ali com o outro.

Foi quando alguém me achou. Claro que levei um susto. Parecia que estava sendo flagrada cometendo um ato indecoroso.

— Lia, até que enfim te achei!
— Oi, Lídia... — balbuciei.

Ela queria dizer que tinha um presente para mim. Falando de Miami, me fez voltar com ela para a sala. Pelo menos me livrou de permanecer ali, assistindo à cena. Ganhei um vidrinho de perfume. Destampei e reconheci o cheiro. Era o mesmo que ela usava na noite de aniversário. Havia no rótulo a palavra Paris.

Fiquei emocionada. Não exatamente porque aquela devia ser uma lembrança cara. Mas porque ela queria dividir comigo o seu próprio cheiro. Era tão bom naquele momento saber que alguém gostava de mim! Fiz então uma coisa que eu raramente faço. Dei um abraço na Lídia. Ela também me abraçou, sorrindo.

A Tatiana e o Leo chegaram e quiseram sentir o perfume. A Tatiana disse que era ótimo e eu cheirei mais uma vez. Era suave, era doce, era sobretudo muito delicado.

Quem me olhou logo depois e de um jeito crítico foi a Roberta. Fez um movimento com as narinas, assim que passou por mim. Sem me cumprimentar, claro. Em seguida, entrou a professora de Inglês. E perguntou à Lídia, em inglês, como tinha sido a viagem. Quando minha amiga respondeu, na mesma língua, não a achei nem um pouco convencida!

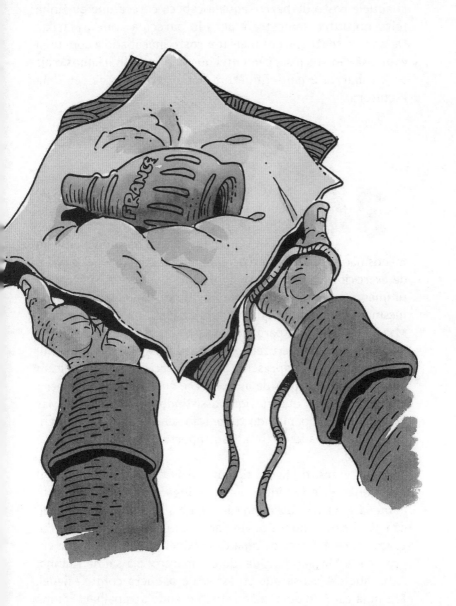

A última aula foi Educação Artística. Iríamos aprender a fabricar papel artesanal. Mas, num canto da sala, reconheci aquele rosto de barro, aquela cabeça careca que eu tinha feito no outro semestre e achado parecida com a Márika. Dessa vez, senti que era mais um rosto inacabado e com uma expressão misteriosa. Lamentei que não trabalharíamos mais com o barro. E pensei que um dia eu gostaria de ser uma escultora.

34

Eu realmente tenho preguiça nas aulas de Educação Física. Mas não posso mais dividir minha preguiça com a Roberta. As meninas gostam quando tem treino de vôlei. Pelo menos não precisam ficar correndo ou repetindo aquelas séries de exercícios idiotas. Mas sempre sobramos eu e a Roberta, as últimas a serem escolhidas para os times. E nunca ficamos no mesmo. Dessa vez até que me esforcei para não fugir da bola. Mas não é de um dia para o outro que vou virar uma jogadora.

No vestiário, cruzei com a Raquel. Agora elas estão ensaiando para uma apresentação de exercícios de solo. Ficam até mais tarde, depois da aula. Parece que vão viajar também. Minha mãe quer que eu fique assistindo ao ensaio dela. Mas ele fica lá, acompanhando tudo. Não sei como aguenta. Prefiro esperar do lado de fora. Não suporto o olhar dele sobre o corpo dela.

Às vezes, o Miguel fica até mais tarde. Ele me contou que a mãe dele faz ioga, mas que ioga é bastante diferente daquela ginástica da minha irmã, pois nem é uma competição. Realmente, nunca ouvi falar de um campeão de ioga. Engraçado, ele é amigo de uma das faxineiras. Ela também é engraçada, a Margarida. Quando eu apareço, ela sai de fininho. Acho que ela pensa que eu estou de paquera com o Miguel. Faz uma cara de quem não está querendo atrapalhar. Ela me dá vontade de rir.

Pelo menos, quando o Miguel está por perto, eu me distraio. E não corro o risco de ter o Ronaldo pela frente. Ô saco, ele ainda quer dar suas investidas para cima de mim. A Margarida percebeu e disse que se ele estivesse me chateando era só chamar por ela. Parece que quer me reservar para o Miguel! Mas eu disse que ela não precisava se preocupar, que sei lidar muito bem com o Ronaldo.

Num desses dias em que esperava minha irmã, descobri que o Luís Antônio também tem ficado até mais tarde e deu para assistir aos ensaios de ginástica. Mas não é por causa da Raquel, não. Ele anda azarando uma lourinha chamada Michelle. Essa até que é bem bonitinha. Mas que sujeito convencido! Se a Roberta ainda fosse minha amiga, não ia ter a desfaçatez de acompanhar a Michelle bem na minha frente.

Um outro casal sempre fica por último. Raquel e Renato parecem nunca ter pressa de se separar. E não sou eu quem vai cobrar essa pressa deles. Assim que vejo que vêm vindo, me dirijo para onde minha mãe estacionou o carro, sem olhar para trás. Ele quase não fala comigo, desde que as aulas recomeçaram. Não imagino o que a Raquel possa dizer de mim para ele. E não sinto a menor vontade de procurá-lo sozinha.

35

Matemática, Ciências, Geografia são, pela ordem, as matérias que eu tenho de estudar mais. As outras parecem mais fáceis, pelo menos para mim. Cada um de nós tem dificuldade com alguma coisa. A Lídia mesmo, tão boa em Inglês, é uma tonta para mexer com computador e eu tenho sempre de dar umas dicas para ela no curso de Informática. Mas Educação Física é mesmo a minha grande diferença. E a Valdete volta e meia pega no meu pé, porque minha irmã é ótima para pular e se revirar no chão e não sou nem um pouco a fim dessas coisas. Se tem algo que me tira do sério é ser comparada com aquela *hacker* da vida real. E eu sei que existem certas coisas que são impossíveis de deletar!

Na igreja, num desses domingos, fiquei vendo uma imagem de Cristo carregando uma cruz, com um soldado romano aporrinhando do lado. Aquele soldado era como a Valdete, me flagelando, indiferente à cruz que eu carrego. E ela ali ao meu lado, no mesmo banco. Será que a minha irmã tem a mínima noção do quanto me faz sofrer?

Nessa missa, eu comunguei. Porque eu não fazia nada contra ela, não a impedia de ser feliz com o cara de quem eu gostava. É, eu não reagia, deixava as coisas acontecerem, mas não podia deletar a presença do Renato na mesma sala que eu, todos os dias da semana. E muito menos o fato de que, no recreio, ele corria para se encontrar com minha irmã.

Às vezes imagino se nunca deixei alguma pista no ar, se ela não desconfia do que eu sinto por ele. E se ela soubesse? Desistiria do namorado? Ou seria mais uma razão para continuar com ele, simplesmente para que eu não o pudesse ter?

Melhor eu estudar Geografia ou Matemática. Quanto mais difícil o exercício, mais me concentro e deixo minha cabeça protegida contra certos pensamentos. Pois não nego que às vezes começa a se esboçar uma terrível vontade de me vingar. Já me peguei pensando em entrar no quarto dela com uma tesoura e cortar bem curto aquele cabelo para que ela não possa mais fazer seus coques. Ainda mais agora que vai viajar com a equipe para um torneio intercolegial.

Que atração exercem as meninas de coque sobre os homens da nossa escola? A Michelle é outra. Todo o mundo já percebeu que o Luís Antônio anda se derretendo por ela. Até a Roberta se mancou. Agora ela deu para ficar assistindo aos treinamentos no final da aula. Ele fica furioso. O clima entre os dois anda péssimo.

Outro dia, a Margarida, aquela faxineira, quis puxar prosa comigo. Disse que achava a maior gracinha o namoro do Renato com a minha irmã. Eu, então, falei para ela que aquilo não tinha nada a ver. Não sei se me achou mal-educada, mas fez uma expressão de surpresa e não tocou mais no assunto.

36

Nunca imaginei que aquela faxineira fosse tão esperta. Ainda mais alguém que se enganava tão redondamente quanto à possibilidade de um namoro entre mim e o Miguel. Mas ela sacou o que nem a Lídia percebeu. Ou minha própria mãe.

Um dia, no recreio, enquanto eu comia um pão de queijo, o Miguel chegou perto de mim e apontou para a Raquel e o Renato do outro lado do pátio. E, nesse momento, eu nem olhava para eles.

— É muito difícil para você, Lia?
— O quê?

A primeira coisa que me passou pela cabeça era a prova com a Marisa que a gente ia ter daí a pouco.

— Ver sua irmã com o cara que você gostaria de namorar.

Quase cuspi o pão de queijo. Perguntei se o Renato tinha dito alguma coisa para ele. O Miguel disse que não e que eu nem precisava me preocupar. Não tinha conversado sobre isso com o amigo.

— E por que você acha que eu gosto do Renato?

Ele, aí, contou que era uma suspeita da Margarida e que, então, não conseguiu deixar de me observar e viu, no jeito como eu olhava para o nosso colega, que a faxineira tinha razão.

Minha reação foi xingar aquela mulher. Que direito ela tinha de se meter na minha vida? Mas o Miguel disse para me acalmar, que ela era muito discreta e que só tinha comentado com ele, porque ficou sensibilizada com a minha história.

— Espero que você não espalhe isso por aí!
— De jeito nenhum — ele prometeu.

Ainda falou que, se quisesse desabafar, eu podia contar com ele. Não respondi nada. O recreio estava acabando e eu tinha de estar concentrada na matéria de Ciências para fazer a prova.

Em casa, sozinha, voltei a pensar no assunto. Graças à Margarida, ele tinha descoberto meu segredo. Por um momento, pensei de novo nos palpites daquela mulher. Será que, por acaso, o Miguel tinha algum interesse em mim?

Pelo menos, era melhor que fosse ele a saber. Viajei um

pouco, misturando o Miguel com o Ronaldo. Se ele fosse como o amigo do Luís Antônio, ia querer tirar proveito da situação. Fazer alguma chantagem, dar um jeito, pela minha fragilidade, de ficar comigo. Mas, não, ele estava me oferecendo amizade. Ou uma orelha de menino.

Fui pegar a outra, escondida no alto da estante. E me vi alisando e acariciando aquelas curvas de argila.

— Era para você que eu queria falar de todos os meus segredos!

Não segurei o choro. Era a primeira vez que eu chorava por causa dele. Ele que me deixava assim, maluca, conversando e agora fazendo carinho num pedaço de barro.

37

Mas eu jurei que não vou chorar mais. Pelo menos por nada que envolva minha irmã e Renato. Talvez um dia possa até trocar minha orelha de barro por uma orelha verdadeira. Se eu conseguir me acostumar com o Miguel e sentir que uma menina pode ser amiga de um menino. Ainda não sinto confiança para trocar confidências com ele. Na verdade não falo com ninguém das minhas coisas mais íntimas. A pessoa de quem eu estive mais próxima disso era a Roberta, na época em que eu a chamava de Rô.

Bom, nos dias em que ele fica até mais tarde esperando que a mãe venha pegá-lo, acabamos conversando, já que tenho mesmo de aguardar o fim do treino da ginástica. O Miguel, outro dia, me fez ver uma cena intrigante, envolvendo justamente a minha antiga amiga.

Ela estava se dirigindo para o ginásio, pois devia ter percebido que o Luís escapuliu para lá atrás da Michelle. Então, o Ronaldo apareceu na frente dela, interceptando o caminho. Ela tentou se desvencilhar, mas ele acabou convencendo a Roberta a ir com ele para a biblioteca. Dali, não dava para escutar o que estavam falando.

— Aposto que ele está combinado com o Luís Antônio — disse o Miguel.
— Você acha que o Ronaldo está tirando de propósito a Roberta do caminho do Luís?
— Aposto.

Ele observou que o Ronaldo não pensava direito no que tinha de fazer (o que eu achei mais do que provável) ou não tinha o menor hábito de frequentar a biblioteca (o que deveria ser corretíssimo). Mas eu ainda não tinha atinado aonde ele queria chegar com aquele raciocínio.

— Em cinco minutos, a Araci fecha a biblioteca.

Era verdade. A bibliotecária sempre saía na mesma hora e trancava a sala. Para isso, ela mantinha um cartaz logo na entrada, com os horários para consulta e para empréstimo.

Como não tinha mesmo mais nada para fazer, fiquei controlando o tempo no meu relógio, mesmo sabendo que só por um milagre a Araci ia alterar o regulamento. Milagre não houve, mas com certeza uma certa encheção de saco do Ronaldo. Naquele dia, ela saiu três minutos atrasada, empurrando porta afora meus dois colegas.

Pelo menos, ele tinha conseguido um empréstimo fora do horário, pois estava com um livro debaixo do braço. Tudo para engabelar as duas.

— Esse livro ele não vai ler nunca — eu falei.

— Claro, era só uma artimanha para o Luís Antônio ganhar tempo para falar com a Michelle.

E o tempo não tinha sido suficiente. Ele não podia interromper o treino para abordar a menina.

— Com um aliado assim, a mentira do Luís Antônio não pode ir longe — observei, imaginando que ele deveria ter dito para a Roberta que não iria ver aquele ensaio.

Minha colega já tinha percebido tudo, pois agora empurrava o Ronaldo, que a puxava para a cantina. E lá foi ela correndo para o ginásio. O garoto desistiu de acompanhá-la e foi indo embora. Não queria, por certo, ver a cena que eu e o Miguel vimos.

Não demorou muito e os dois apareceram, discutindo. O Luís Antônio na frente, ela atrás.
— Espera aí, cara! — ela gritava.
Ele, de repente, explodiu:
— Larga do meu pé, Roberta! Não aguento mais você!
Ele foi se afastando e ela ficou parada, meio encurvada, a mão na barriga. Até parecia que tinha levado um soco.
Senti vontade de ir falar com ela, mas hesitei. Então minha irmã veio vindo do ginásio com o Renato. Minha mãe já devia estar esperando no carro. Rapidamente, me despedi do Miguel. Quando olhei de novo, não vi mais a Roberta.

38

Minha irmã era a pessoa mais feliz do mundo. Não só por causa do namorado (apesar de só se verem na hora do recreio e naqueles segundos depois dos treinos, pois meu pai não queria que o Renato aparecesse lá em casa). É que conseguiu ser titular da equipe para o tal torneio. Apesar de ser a mais nova do grupo, outras duas garotas foram para a reserva. Portanto, ia se apresentar individualmente na competição.

Pela primeira vez na vida, ia viajar sozinha. Ou melhor, sem a família. Coisa que eu, mais velha, ainda não tinha feito. Minha mãe achou que ela estava feliz demais. Tanto que me chamou no meu quarto e veio me perguntar:
— Será que esse menino não está indo também?
— Não! É só a equipe de ginástica e os professores!
— Mas não tem uma equipe masculina?
Tranquilizei minha mãe. Não havia ginástica de solo masculina, pelo menos no nosso colégio. Ela quis saber se ele não praticava nenhum outro esporte.
— Sei lá, acho que joga futebol.
— E é do time da escola?
Eu achava que não e ainda falei para minha mãe que o torneio era só de ginástica e unicamente para meninas. E que não ia ser daquela vez que eles fugiriam juntos.

— É, acho que estou exagerando — dona Maria Lúcia admitiu.

Então, quem se sentiu feliz pela primeira vez em muito tempo fui eu. Ia ter aquele apartamento, aquele pai e aquela mãe só para mim. E isso nunca tinha acontecido antes.

E lá se foi ela, com coque e sacola de viagem. Meu pai levou a viajante de carro até a rodoviária. Minha mãe choramingou um pouco, assim que eles saíram. Fiquei meio desapontada, mas depois concluí que era normal, as duas nunca tinham se separado. Mas eu confesso que não estava sentindo a menor falta.

No dia seguinte, percebi na sala um olhar sobre mim. Era o Renato! Mais de uma vez ele me olhou. E na hora do recreio, estava me esperando na porta da sala.

— Tem alguma notícia? — me perguntou.

— Ainda não. Eles mal devem ter chegado. Mas ela ficou de ligar lá pra casa.

— Me conta tudo.

— Quando ela voltar, ela conta — eu disse, achando que ele queria saber a classificação da minha irmã ou da equipe no torneio.

— Não, me conta se ela perguntar de mim. Manda um beijo.

— Provavelmente, ela vai falar com a minha mãe ou com o meu pai...

— Puxa, eu estou morrendo de saudades da sua irmã!

— Estou vendo... — eu disse e fui saindo.

Vi que o Miguel estava olhando para nós. Olhei na direção dele e levantei minha sobrancelha. Como se dissesse: o que é que eu posso fazer? Ele levantou os ombros e me deixou passar.

39

O que teria acontecido naquele torneio? Senti vontade de ter estado lá. Não para comemorar o fracasso da nossa escola, já que a Michelle caiu de mal jeito na sua apresentação e torceu o tornozelo. Seria praga da Roberta? Bom, não sei se acredito em mau-olhado, nem a minha colega havia feito demonstrações anteriores desse poder. Mas o que me intrigou foi o ar de felicidade de Raquel, quando voltou da viagem. Ela, que gostava tanto de uma vitória, não parecia nem um pouco incomodada com a desclassificação da equipe.

Mancando no recreio, a Michelle logo tinha quem vinha ampará-la. Principalmente, o Luís Antônio. Eu estava sentada num banco, do lado de fora do ginásio, com a Lídia, quando a Roberta apareceu, sozinha. Nem fez caso de olhar para nós. Parecia hipnotizada, acompanhando a cena, a lourinha apoiada no braço do Luís. Ele não perdeu tempo. Passou a outra mão na cintura da manquinha.

Eu me lembrei de um filme da série do Mundo Animal. A cobra hipnotizando um rato. Era assim que a Roberta agia? Estaria mandando uma maldição para os dois? Esperei que eles caíssem no chão, algo que fizesse com que o Luís acabasse se tornando culpado por quebrar de uma vez o pé da menina.

A Lídia também estava olhando. E de um jeito preocupado.

— Coitada! — ela disse, segurando meu braço.

Achei que estivesse se referindo à Michelle. Não sei por que, imaginei que estaria pensando o mesmo que eu. Que a ginasta machucada ainda ia cair de novo, vítima daquele olhar de serpente. Mas eu não havia comentado nada com a Lídia. E ela não podia adivinhar meus pensamentos.

E, logicamente, não estava falando da Michelle. Seria muita paranormalidade junta, num sétimo ano só. A Lídia estava era com pena da Roberta. O Luís Antônio tinha acabado de ajudar a menina a se sentar em outro banco. Com todo o cuidado. Mas a Lídia não olhava para eles. Olhava para a Roberta, que agora se afastava, de volta para a nossa sala. Ia muito devagar, os ombros caídos, os braços ao longo do corpo.

— Não queria estar sentindo as coisas que devem estar passando pelo coração dela — a Lídia falou.

Entendi que estava solidária com a Roberta. E tinha falado uma coisa bonita. Afinal, ela percebeu algo que eu não tinha notado. E me lembrou que a Rô tinha um coração.

Pelo menos os dois não ficaram sozinhos. As outras meninas da equipe vieram se sentar junto da Michelle. O Luís Antônio teve de se levantar do banco. E não aguentou o tititi do mulherio. Em mais um minuto se mandou.

— Será que ele vai atrás dela? — Lídia me perguntou.

Estava se referindo à Roberta. Mas ele não foi na direção das salas de aula. Com as mãos no bolso e andando depressa, tomou o rumo da cantina.

Lídia olhou para mim, penalizada. Mas não devolvi o olhar. Estava muito intrigada com o que acontecia no outro banco. Entre as mais falantes daquelas garotas agitadas, estava minha irmã. E eu não via o Renato por perto.

40

Desde que chegou, minha irmã não saía mais do computador. E o telefone da casa vivia ocupado, porque ela estava na Internet. Já estava atrapalhando os outros. Até minha mãe era obrigada a falar no celular. Um dia, papai ligou do trabalho. Atendi no celular de minha mãe e ele veio me dando bronca, achando que quem estava ocupando a linha telefônica era eu. Transferi a bronca para quem merecia.

— É que eu fiz amigos de outras cidades — ela veio me explicar.

— Quanto assunto vocês têm! — eu disse.

— Pois é... — e não falou mais nada.

Eu também não estava interessada nos novos amigos da Raquel. Estava pensando nos meus, tão poucos. Meio com vergonha da Lídia, ao descobrir que ela era muito mais sensível do que eu aos problemas dos outros. Mesmo sendo uma menina mais rica e aparentar ser meio fria e distante. Também começava a me preocupar com a Roberta.

Via que ela estava numa pior e ficava sem jeito de me reaproximar dela. Mesmo assim, só percebi isso por causa da Lídia.

Quando a gente sofre, não tem tempo de pensar em mais nada. Nem em ninguém. E fica achando que ninguém mais está sofrendo. Eu nunca tinha tido um ano tão ruim na vida. O que significava aquilo? Misturar tanto a minha dor à alegria de minha irmã? Estava mais do que claro que a vida era muito injusta comigo. Só que eu não era a única que estava se dando mal. Lá estava a velha Rô passando por maus momentos. Pelo menos, não me sentia inimiga dela. Se fosse, estaria muito satisfeita pelo chega pra lá que recebeu do Luís Antônio.

Refletia sobre as palavras da Lídia, de que as mulheres deveriam ser mais solidárias entre elas. Será que ela estaria esperando que eu fosse procurar a Roberta? Mas por que ela mesma não ia? Aquele feminismo dela me parecia muito teórico. Bom, melhor parar com aquilo. Já estava começando a criticar a minha melhor amiga.

Daí o telefone tocou. Sinal de que a Raquel tinha abandonado o computador. Atendi, achando que seria papai de novo. Mas aquela voz... era ele, o Renato.

— Vou passar para a Raquel — eu disse.
— Não, Lia!
— Como?
— Eu queria conversar com você.
— É sobre o trabalho de História?
— Não, é pessoal.
— Não estou entendendo.
— Você pode se encontrar comigo?
— Quando?
— Lá pelas quatro?

E a gente ficou de se ver numa lanchonete perto lá de casa. Desci, curiosa, sobressaltada, quando chegou a hora. Ele tinha me pedido para não dizer nada à minha irmã.

41

Ele já estava lá quando eu cheguei, sentado sozinho numa mesa bem no fundo. O ritmo de minha respiração mudou, logo que eu o vi. Nunca tinha imaginado me encontrando sozinha com ele. Meio escondido. Afinal ninguém sabia. Era um segredo nosso.

Pedi um *milk-shake*, ele um *sundae*. Quem se arriscava a se lambuzar era ele, de novo. Dessa vez, de chocolate. Se isso acontecesse, me bastaria pedir licença e limparia com o guardanapo de papel o canto da boca ou o queixo dele. Caso me viesse coragem para tanto!

Olhei quando ele levou uma colherada à boca e imaginei se ele e a Raquel já tinham se beijado. Quase derrubo meu copo em cima de mim. Que merda!, murmuro para mim mesma. Por que tinha de pensar em coisas assim?

Mas minha mente me alertava. Não era por minha causa que ele tinha vindo ali. Se buscava minha cumplicidade, era mais uma vez por causa dela.

— Quem é ele? — me perguntou de chofre.

Não respondi, não estava entendendo.

— Não vai me dizer?

— Dizer o quê?

— O nome do cara que ela conheceu na viagem.

— Cara? Ela conheceu alguém?

Então era isso. O ar de felicidade, mesmo tendo perdido o torneio. As horas passadas na Internet. A história mal contada dos novos amigos...

— Puxa, você é irmã dela ou não é?

"Você é namorado dela ou não é?", tive vontade de retrucar. Ele estava sendo grosseiro comigo.

— Olha aqui, Renato. Nós somos irmãs, mas não somos confidentes. Por que não pergunta para a Michelle ou para outra garota da ginástica?

— Elas não me dão chance.

— Então, sinto muito!

Ele ficou calado. Não tocava mais no *sundae*. Fui be-

bendo aos pouquinhos o conteúdo do meu copo, através do canudinho.
	Então, ele olhou um momento no meu rosto e voltou a falar.
	— Como vocês são diferentes!
	"Ainda bem que você percebeu", continuei em silêncio. Mas o que será que ele quis dizer com aquilo? Não fiquei sabendo, porque ele engoliu sem vontade um pouco do sorvete.
	Não resisti. E falei:
	— Ela terminou com você?
	— Acho que sim.
	Estava na cara que não por vontade dele. O assunto morreu. Eu não ia poder ajudá-lo. Não em relação ao que ele queria.
	Quando cheguei em casa, peguei a correspondência na portaria. E a resposta estava ali, mesmo que tivesse chegado um pouco tarde. Uma carta para Raquel. No verso, estava escrito o nome João Carlos. O envelope, transparente, parecia ter uma foto dentro. Aproximei o papel da luz do abajur da portaria. Era mesmo uma foto, só não dava para identificar de quem. Pensei em não entregar para minha irmã. Poderia levar no dia seguinte para o Renato. Não era o que ele queria saber?

42

O João Carlos não tinha nada de especial. Pelo menos na foto. Para o meu gosto, o Renato ganhava de uns quatro a zero. Ou pelo menos de três... Afinal, o outro nem era feio. Mas o que fosse que minha irmã tinha visto nele eu não vi.
	— Não é lindinho? — ela me perguntou.
	— É, tem um certo charme... — eu disse.
	Estava meio sem jeito de ter pedido à Raquel que me mostrasse a fotografia. Mas ela não pareceu se surpreender com meu súbito interesse pela sua vida particular. Na ver-

dade, eu nem sabia, alguns segundos antes, se iria entregar ou não a carta. Enquanto segurava o envelope, no elevador, fantasiava minha vingança. Via o Renato abrindo aquele papel no recreio e me deliciaria com sua expressão ao descobrir o rosto do outro, que o tinha deixado tão fora do sério. E eu me perguntava se teria coragem de roubar a carta de minha irmã e levar para ele.

Mas foi ela quem me abriu a porta de casa, assim que eu bati. Lógico que esperava pela correspondência. Voou na minha mão, mal eu pus os pés na sala. Pega de surpresa, entreguei na maior moleza o que era realmente dela.

Ali mesmo, bem na minha frente, ela rasgou o envelope e tirou a foto. Em mais um segundo, estava beijando o retrato. Eu não podia deixar de perguntar:

— O que é isso?

— É a foto do João, um cara tão legal. Eu conheci na viagem!

Curiosíssima, pedi para ela me mostrar a cara daquele João. E ela deixou que eu segurasse com minhas mãos o seu tesouro! Olhava e ao mesmo tempo comparava cada traço do rosto dele com os do Renato. E não entendia a preferência da Raquel. Aquela menina era louca, não tinha o menor juízo!

— Charme, só? Você não viu o João Carlos pessoalmente! Nem escutou a voz dele!

— É, as fotos não são a mesma coisa que as pessoas ao vivo — eu disse.

— Claro que não!

Mal acreditei quando a Raquel me chamou para ir ao quarto dela, o lugar que eu menos frequentava naquele apartamento. E estava mais bagunçado do que o habitual.

— Me ajuda a escolher uma! — ela me pediu, começando a revolver um monte de fotos dela que tinha despejado em cima da cama.

Havia Raquel de tudo quanto era jeito. As mais recentes, em uniforme de ginástica, competindo na terra do João Carlos.

— Não é a maior coincidência? Eu estava escolhendo uma para mandar para ele. Mas estou sem saber qual. Vai, me ajuda!

— Essa? — apontei para uma qualquer.

— Não vai ter graça. Foi assim que ele me conheceu.

Danou a revirar as fotos, que ia separando, à medida que rejeitava cada uma delas. Fiquei só assistindo. No fundo sabia que minha opinião não ia valer muito. Até que minha irmã se deteve em duas. Pegou uma em cada mão e seus olhos corriam de uma para a outra.

— O que você acha, Lia?

— Deixa eu ver.

Consentiu que eu pegasse naqueles retângulos coloridos. Num deles, estava de pijama, na nossa sala de televisão, rindo muito à vontade. No outro, estava no clube, em minha companhia! Ela, claro, em primeiro plano. Mas para que o João Carlos iria querer me ver de maiô?

— Essa! — apontei para a do pijama.

Eu jamais mandaria para um menino uma foto com aquele tipo de roupa. Mas se era ela que estava mandando! E assim também não me exporia aos olhos de um estranho.

Ela ainda hesitou, mas acabou me dando razão. Fui para o meu quarto, com certeza com a boca aberta...

43

Passei a chave na porta. Precisava ficar sozinha. Talvez para rezar e agradecer aos santos, quem sabe a Santo Antônio, o protetor de quem quer namorar? Teria mesmo é que agradecer àquele João Carlos, que nem era tão bonito, mas que tinha virado a cabeça da minha irmã! Agradecer à Valdete, que havia colocado a Raque no time de ginástica e a levado para competir naquela cidade. Agradecer aos pais daquele garoto, porque o trouxeram ao mundo!

Antes que tivesse de escrever uma lista de pessoas a quem agradecer, parei para pensar na minha sorte. Ela tinha simplesmente se cansado do Renato, assim que conheceu o outro. E deixava o campo livre para mim. Fui buscar, na prateleira mais alta da estante, minha orelha secreta.

Resisti ao impulso de beijar aquela argila já um pouco empoeirada, apenas para não imitar minha irmã mais nova com o retrato do João Carlos. Mas dancei com aquela orelha, levantada um pouco acima de meus olhos.

— Orelhinha, orelhinha, você, sim, é linda. Tão certinha, a do tal João é meio grudada na cabeça, juro que é!

Cheguei a orelha bem perto de minha boca.

— Vem cá. Tenho um segredo para contar e vou te dizer bem baixinho. Você estava enganado de irmã. Quem pode te fazer feliz sou eu, não ela. Ela não gosta mais de você. Quem gosta de verdade sou eu. Quem gosta de verdade não troca pela primeira pessoa que aparece o dono de uma orelha como a sua!

Naquela hora, o Arnaldo começou a tocar, lá no outro andar. Uma coincidência muito significativa, achei. Abri minha janela para ouvir melhor e levei a orelha comigo para ela escutar também. Não é que o primo da Lídia estava aprendendo a ser um bom músico? Aquela era, sem dúvida, uma linda melodia. Decidi que seria o nosso tema. Meu e do Renato. Ou, por enquanto, meu e da orelha do Renato!

Cuidadosamente, eu a levei de volta para a estante. Retirei com a beirada da minha blusa o pó que tinha apanhado. Decidi que ela não ficaria mais lá no alto. O melhor lugar era na prateleira do meio. Para ficar bem visível, para que pudesse olhá-la de minha cama, ao apagar a luz da cabeceira. E, antes de mergulhar no escuro e me refugiar dentro dos sonhos, eu lhe mandaria um beijo e lhe diria boa noite.

Aliás, naquela noite, eu dormi tão bem! Acordei cedo e corri para o banheiro, primeiro que a Raquel. Tomei um banho, adorando a água cair sobre minha pele. Antes de vestir o uniforme, borrifei atrás de cada uma de minhas orelhas algumas gotas do perfume que Lídia havia trazido para mim.

44

Minha amiga reconheceu o perfume. Nesse dia, ela estava usando um outro. Ouvi a Roberta sussurrando para a Pat que nossa sala estava começando a cheirar como uma perfumaria, mas nem me importei. Dei um desconto para a dor de cotovelo dela. Aquele dia afinal iria ser bastante surpreendente para a Rô. Mais do que para mim...

Mais de uma vez olhei disfarçadamente na direção do Renato. Mas ele nem percebeu. Tinha um ar triste e distraído.

"Que bobo", eu pensei. Não valia a pena ficar mal por causa da Raquel, já ligada num outro cara. De repente, a sala explodia numa gargalhada. Era aula de Matemática e o Rocha contava uma piada com o Dunga, um daqueles anõezinhos da história da Branca de Neve. Confesso que não entendi a piada, porque perdi o começo, não estava prestando muita atenção. Mas ri das risadas dos outros. Notei que só duas pessoas não riam. Uma, o Luís Antônio, porque odiava as piadas do Rochedão. O outro, o Renato, que naquela hora estava olhando para o chão.

Até a Roberta riu! Até ela se esqueceu de que estava triste, depois do chute que tinha levado. Mas ele não! Que pena me deu do Renato. Será que ele gostava mais de minha irmã do que a Rô tinha gostado do Luís Antônio? Este, com uma cara de enfado, parecia fazer questão de que o professor percebesse que para ele aquelas graças não faziam efeito.

Quando a aula terminou, quem quis fazer graça foi o próprio. À custa da Márika. É que os dois resolveram sair da sala ao mesmo tempo e quase entalaram na porta.

— Calma aí, menina. Você vai me esmagar com esse peitão!

Nossa, foi mal, eu pensei. Mas não tive tempo de sentir pena da Márika. Ela mostrou que estava entendendo muito melhor a nossa língua. E mandou a maior bolacha na cara dele.

Eu quase bati palmas para ela. A Lídia soltou um gritinho e depois me olhou e percebi que ela também se sentia vingada, por todas as coisas que aquele cara vinha aprontando com as meninas da sala. Daí o Miguel me cutucou de

leve, apontando para a Rô. Ela ria de se sacudir, como se aquilo fosse muito mais engraçado que qualquer piada do Rochedão.

O Luís Antônio também notou e olhou para ela, todo vermelho e esfregando a bochecha. Parecia furioso com as risadas de quem até outro dia babava por ele. A pele dele devia estar pegando fogo. Por um momento, achei que ia revidar e pegar a Márika. Mas não fez nada e acabou deixando que ela saísse na frente dele.

Se eu tivesse um pouco de intimidade com a tcheca, iria atrás dela, só para lhe dar os parabéns. Mas ela não estava nem aí para a nossa reação.

45

No recreio, as meninas se juntaram numa roda, em torno da Roberta. Só faltou a Márika. Parecia que comemoravam a bofetada como um gesto da nossa colega solitária em defesa da Rô, embora não tivesse sido bem aquilo. Também eu tive vontade de participar. Queria que ela entendesse que também eu estava do lado dela. Mas, naquele momento, o Renato passou por mim.

Fui atrás dele, mesmo sem saber direito o que deveria falar. Mas, pelo menos, tinha o nome que ele tanto queria saber na véspera.

— Desculpa, Lia, mas preciso ir ao banheiro.

E me deixou plantada no meio do pátio. Decidi voltar para perto das minhas colegas, quando o Miguel apareceu.

— O que deu nele? — perguntei.

— Dor de cotovelo. Você sabe por causa de quem.

Pedi para o Miguel se sentar comigo num banco mais afastado. Perguntei se o Renato falava com ele sobre o que estava acontecendo.

— Ele fica esperando sua irmã se aproximar. Ele é muito orgulhoso para ir atrás dela.

— Só que ela não vai se aproximar.

— Eu sei, ela já abriu o jogo. Disse que conheceu outro cara.

— É verdade. Ontem ela me mostrou a foto dele.

Resolvi contar ao Miguel a conversa que eu tive com o Renato lá na lanchonete. Contei também que, a partir daquele momento, estava com medo de que ele transferisse para mim a raiva que poderia sentir da minha irmã. O Miguel achava que não. O amigo, para ele, era alguém bastante inteligente e não confundiria as coisas. Ou as pessoas.

Não percebeu como fiquei abalada com a última frase que disse. Que o Renato nunca iria me confundir com a minha irmã. Sei que não falou por mal. Nesse momento, a Margarida passou por nós e fingiu que não nos viu. Tinha um jeito engraçado. De quem não deveria estar interrompendo aquele namorinho que estava começando. Na cabeça dela, claro. Nem eu nem o Miguel éramos a fim um do outro.

— Você nunca falou de mim pra ele? — quis me certificar de que não tinha traído a promessa que havia me feito.

— Claro que não — ele disse para me tranquilizar.

Mas como eu poderia ficar tranquila, se havia escutado dele mesmo que o Renato nunca me confundiria com minha irmã? Quando o que eu mais queria era que ele confundisse seus sentimentos e desse para mim o que antes oferecia a ela...

46

Eu não compreendia por que ele estava fugindo de mim. Renato não voltou a me procurar. Nem quis saber o nome do outro cara, agora que eu podia lhe dizer. Fui falar de novo com o Miguel e reclamei com ele. Parecia que não conhecia tão bem o amigo. O Renato estava com raiva de mim, sim, por causa da Raquel. Mas o Miguel achava que era eu quem estava confundindo as coisas. Que o outro estava era meio deprê e só queria ficar sozinho. E disse que ele mesmo andava passando mais tempo comigo do que com o Renato.

— Não é que a Margarida veio me dizer que a gente já deve estar quase namorando?
— Mas ela é meio lelé — eu disse. — Não foi ela mesma quem descobriu meu interesse por ele? Como pode achar que a gente está quase?
— Na cabeça dela, nós somos perfeitos um para o outro. Até me disse que minha grande chance é fazer você esquecer o Renato.
— Que mulher maluca!

Um pouco depois eu estava sozinha na frente do espelho diante da pia do banheiro das meninas. Ajeitava meu cabelo. Ainda acreditava que, quando o Renato fosse olhar para mim, deveria me achar bonita. Me vi pensando que, a partir daquela história, minha vida tinha mudado. Pelo menos, agora tinha um menino como confidente. O Miguel sabia coisas de mim que nem a Lídia sonhava que podiam existir.

Apareceu outra menina no banheiro, eu não tinha reparado quem, enquanto me penteava. Daí a pouco ela veio lavar as mãos. Vi pelo espelho a Roberta chegar perto de mim.

— A Márika fez com ele o que sempre tive vontade — resolvi falar com ela.
— Eu sei que você nunca gostou dele.
— Você merecia alguém melhor.
— Pois não foi o que pensei que você achasse, naquela última conversa nossa.
— Desculpa por aquilo que eu falei...
— Bom, já passou mesmo...
— E aí? Já esqueceu dele?
— Não quero mais saber do Luís. Mas é horrível saber que ele me apagou totalmente da vida dele.
— Eu sei como é isso.
— Você? Como pode saber? Você nunca passou pelo que eu passei!

É que ela não sabia de nada. Jamais ia compreender que eu entendia aquilo muito bem. E estava exatamente passando por uma coisa muito parecida. Talvez ainda pior. Ela pelo menos tinha feito parte da vida do Luís Antônio.

47

Uma bela tarde tinha ido fazer compras para minha mãe. Voltava com o pacote de biscoitos e a margarina numa das mãos e uma dúzia de ovos na outra, com todo o cuidado necessário. Havia uma carta na portaria. Imaginei que fosse para a Raquel e a vim trazendo por cima dos ovos. Ainda bem que não olhei direito para o nome no envelope, pois o chão do elevador poderia ganhar uma omelete. Depois que guardei as coisas na cozinha, peguei a carta de novo e ia levar até o quarto da Raquel.

Saindo da cozinha, meus olhos passearam sobre aquela superfície de papel que eu tinha nas mãos. Mas aquela carta era para mim! Lá estava meu nome, escrito numa caligrafia que eu não conhecia. Virei a carta e li quem estava remetendo: André Toledo. Fiquei na mesma. Mas o nome da cidade me dizia algo. Era a cidade do João Carlos. O que significaria aquilo?

Fui para o meu quarto para poder descobrir. Havia uma folha, dobrada em quatro. Nela, várias linhas escritas com uma tinta azul. O tal André dizia que eu não o conhecia. Claro! Apresentava-se como primo do João Carlos, o namoradinho da minha irmã. Deu para entender aquele endereço no verso do envelope. Mas eu ainda não conseguia saber por que é que estava se dirigindo a mim.

O parágrafo seguinte explicava. O primo tinha mostrado para ele a foto. Mas qual foto? Só podia ser... aquela que a Raquel não ia mandar! Nós duas no clube, de maiô. Pois então ela escolheu aquela e não a outra, a do pijama! Mas que cretina!

A partir daí, o tal do André ficou interessado em me conhecer. Pedia para eu me comunicar com ele e, para ser mais rápida, poderia usar um endereço eletrônico, começado por um André sem acento e com "a" minúsculo e, logicamente, incluindo um "ponto com".

Pisando nas tamancas, fui para o quarto de minha irmã para exigir uma explicação. Que negócio era aquele? Eu agora virando diversão para os garotos de uma outra cidade? Ela não estava entendendo e disse que não tinha culpa de nada. Tinha mandado a foto sim, e, pela Internet, o João tinha perguntado quem era a outra menina, mas ela nem sabia da existência daquele primo.

— Quer saber de uma coisa, Lia?
— Saber o quê?
— Se fosse você, escrevia para ele!

Não respondi nada. Acreditei que ela não tinha culpa, mas o João não tinha que ficar mostrando minha foto para os outros. E esse André era bem atrevido! Além de tudo, quem era a Raquel para me dar conselhos?

48

Eu sabia que deveria estar estudando. As últimas provas estavam cada vez mais perto. Meu objetivo principal deveria ser passar para o oitavo ano. É verdade que as minhas notas durante o ano praticamente garantiam minha aprovação. Mas não sou, nunca fui, desse tipo de aluno que se descuida logo no final e nem se importa em passar com o mínimo de pontos necessários. Faz bem tirar notas boas e manter o padrão o ano inteiro. Não me importo de parecer careta para gente como o Ronaldo e o Luís Antônio. Aliás, com as notas que têm tirado, os dois perigam continuar no sétimo o ano que vem. Nossa, mas aí seriam colegas da Raque, que horror!

Era assim, achando que deveria estar empregando melhor meu tempo, que eu batucava no teclado do computador. De novo, me conectando com o André! Porque acabei não resistindo àquele palpite da minha irmã e mandei um primeiro *e-mail*. Ele respondeu no mesmo dia e tinha um papo interessante. Era um cara bem-humorado e educado, e a gente gostava de coisas parecidas. E eu logo me vi contando a ele do meu desejo de voar por aí, tal como um pássaro. Ele não só entendeu aquilo perfeitamente, como me confessou que seu sonho, desde a infância, era crescer como uma árvore e sentir ao mesmo tempo suas raízes cavando o chão e seus galhos fazendo brotar novos ramos em direção ao céu. E insinuava que eu poderia fazer meu ninho entre os ramos da sua árvore. O André era meio poeta.

Um dia antes, tinha recebido uma segunda carta dele. Nela, como o primo fez, mandou uma foto. E como minha irmã fez comigo, fui mostrar para a Raquel.

— Ele é um gatinho — ela achou.

Ela sempre está disposta a exagerar nos elogios. O que eu gostei no rosto do André é que ele tem uma expressão séria. Afinal, ele já tem quinze anos e está passando para o ensino médio. Não é tão bonito assim. Mas gostei dos olhos dele e do jeito natural como penteia seus cabelos.

Acabei não me demorando muito no computador. Foram só uns dez minutinhos, para eu agradecer a foto, falar um pouquinho mais de mim e enviar a mensagem. Depois abri o livro de História. Eu não queria fazer feio com a Terezinha. Afinal, ela era tida como a mulher mais inteligente do colégio. Não queria que ela me desprezasse.

E já não me magoava mais o Renato não mostrar nenhum interesse por mim. Jurei que não ia correr mais atrás dele. E até disse isso à Margarida num dia em que ela veio me perguntar se eu já tinha desistido dele. Pois é, quem diria que eu poderia falar logo com ela de algo tão íntimo...

49

A Margarida deve ter ficado muito frustrada. Pois o Miguel passou a me dedicar cada vez menos tempo. É que o Renato voltou a procurar por ele. Afinal, os dois eram os melhores amigos entre todos da sala, sem contar o Luís e o Ronaldo. O Miguel deve ter sentido que o Renato precisava de uma força. Não é para isso que existem os amigos? E o ex-namoradinho da minha irmã tinha sorte. Eu sabia que o Miguel tem todas as qualidades de um ótimo amigo. Sobretudo um ouvido imenso. E real. Fora a lealdade.

Além dele e da Margarida, ninguém mais sabe o que passei. Observava os dois juntos. O Renato agora sentado naquele banco em que eu costumava ficar com o meu amigo. E começava a me convencer de que ele nunca seria meu namorado. Na verdade, porque ele nunca quis. Um dia eu tinha prometido que não choraria mais por ele. E não chorei mesmo.

Tudo seria mais complicado, não fosse o André. Um cara que eu não conheço pessoalmente, mas de quem sei tantas coisas, através das mensagens que a gente troca. Planejamos um encontro para o ano que vem. Quando será realizado de novo, na terra dele, o torneio de ginástica. Combinei com a Raque que eu vou também, de companhia. Só espero que até lá ela não mude de ideia e abandone a equipe. De repente, comecei até a ajudá-la a prender seus coques.

O problema é que lá no clube começaram a selecionar garotas para o nado sincronizado e minha irmã adorou a ideia. Até me convenceu a treinar com ela. Para as duplas, é requisito que as competidoras sejam muito parecidas. Já tivemos a primeira aula. Meu pai achou o maior barato. Acho que não acreditava que um dia eu ia deixar a preguiça de lado para fazer algum esporte. Mas ainda não sei se levo tanto jeito. A habilidade da minha irmã com a ginástica favorece muito os movimentos que a gente tem de fazer na água. Pelo menos, ela está me dando a maior força. E a Valdete não entendeu como, justamente nas últimas semanas de aula, eu comecei a ficar mais animada e a fazer aqueles polichinelos tão sacais com a maior boa vontade.

O tempo vai passando rápido e temos de fazer as últimas provas. Então não me sobra um momento livre. Estou descuidando logo do André. Mas ele entende, está terminando o nono ano e também precisa fazer suas provas. Ele pediu uma foto minha para guardar. Aquela outra, além de eu servir de fundo para a Raquel, pertence ao primo. Queria que ele visse como eu estou depois que nos conhecemos. Sou uma outra pessoa e não tirei nenhuma foto ultimamente.

Então, naquele recreio, pedi licença à Lídia e à Rô e deixei as duas sozinhas. Aos poucos, a Rô tem se aproximado da gente e a Lídia tem mostrado a maior boa vontade com ela. Aliás a Lídia, apesar de tão formal, é cada vez mais um amor de pessoa. Sinto remorso de lembrar como no ano passado eu e a Rô vivíamos implicando com ela. Quem diria que estamos nos tornando três boas amigas!

Elas ficaram conversando lá numa ótima e nem perceberam para onde eu estava indo. Quem estava sacando tudo era a Margarida. Passei por ela e pisquei o olho. Ela disfarçou o riso atrás da mão e fingiu que olhava para outro lado.

— Estou atrapalhando alguma coisa? — perguntei ao Renato.

Como ele dissesse que não, falei que precisava pedir algo ao Miguel. Sabia que ele gostava de fotografar.

— Será que você podia trazer sua máquina amanhã? Preciso de uma foto. Eu trago o filme.

Ele adorou a ideia. Disse que poderia fazer fotos da turma inteira.

50

A foto que eu escolhi para ficar na minha estante tem nossa turma toda. Da Márika ao Ronaldo. Incluindo o Renato. E também o Miguel. Estamos todos na biblioteca e essa quem tirou foi a Araci. Lembrança de meu sétimo ano, que acabou ontem. Ano que vem, já que fui bem nas minhas provas, estarei no oitavo. Alguns colegas esperam ansiosos pelos resultados, para ver se continuaremos juntos.

Naquele dia, o Miguel fez várias fotos minhas. Escolhi duas para mandar para o André. Ele, aliás, também está na minha estante, em outro porta-retrato. Estou arrumando a mala para viajar nas férias. Ainda não vai ser a viagem em que vou me encontrar com ele. É que a tia Maitê nos convidou, à Raquel e a mim, para que passássemos o *réveillon* em Miami. Quem vai no mesmo avião é a Lídia.

Estou excitada. É a primeira vez que eu viajo sem meus pais. E logo para um outro país. Será que o inglês que eu sei vai dar para alguma coisa? De todo jeito, confio na experiência da Lídia, e minha tia estará nos esperando no aeroporto. Até passaporte nós tiramos, eu e a minha irmã. Não fiquei muito bem nessa foto do passaporte. Estava tensa na hora, pensando no avião, e me deu um frio na barriga. Tão diferente das fotos que o Miguel tirou de mim! Tenho de trazer um presente para ele. E outro para o André, claro! Ah, não posso esquecer da encomenda da Rô. Um vidro daquele perfume, aquele que eu e a Lídia temos igual.

Fazer a mala no chão não dá. Me provoca um pouco de dor nas costas. E eu já estou dolorida do último treino de nado sincronizado. Será que minha vida de atleta vai dar certo? No fundo, estou fazendo isso pela Raque. Está tão entusiasmada com a nossa atuação! Mas até a mamãe acha que está me fazendo bem. O próprio espelho me mostra mudanças perto do meu queixo e da minha cintura.

— Minha filha está ficando é boazuda! — meu pai brincou.

Dele eu aceito uma brincadeira dessas. Mas ontem, ao dizer algo parecido, o Ronaldo esteve a ponto de levar uma daquelas bolachas que a Márika sabe aplicar em caras inconvenientes.

Ufa, a mala estava pesada, senti quando a coloquei em cima da cama para terminar de guardar minhas coisas. Fiz um movimento brusco e esbarrei na minha estante. Senti algo cair e se espatifar no chão.

Nossa, a orelha! A orelha do Renato, minha companheira daqueles tempos de maluquice, testemunha da barra pela qual eu tinha passado. Agora era um monte de cacos no chão do meu quarto. Fui buscar uma vassoura para dar um jeito naquilo. E logo tudo estava empilhado numa pá de lixo.

Lembrei da outra. A minha, aquele umbigão de brinco que ele fez, sem o menor jeito. Quem sabe também ia para o lixo? Melhor não, coitada. Deixei que ficasse na estante, mas bem atrás da foto do André.

Eu queria, mesmo, era terminar logo a arrumação de minha mala. Antes de viajar, ainda precisava de um bom tempo para me sentir livre, me sentir em férias. Afinal, eu merecia!

Lino de Albergaria nasceu e mora em Belo Horizonte. Viveu em Paris, na França, onde estudou editoração, e também em São Paulo e no Rio de Janeiro, onde trabalhou em editoras voltadas para o público juvenil. Em Minas, fez mestrado e doutorado em Literatura Brasileira. Autor de dois romances para o público adulto, dedica-se, com maior assiduidade, aos textos para crianças e adolescentes. É também tradutor. Na Coleção Jabuti, da Saraiva, já publicou vários livros de temas diversos.

Este livro, narrado por Lia, uma garota do sétimo ano, pertence a uma série com as mesmas personagens que crescem e vão-se confrontando com as novidades, os conflitos e as surpresas trazidas pela vida. Nele, retornam muitos dos colegas que frequentaram a turma de *Miguel e o sexto ano*, e novos alunos e professores são introduzidos. O cotidiano partilhado por esses jovens é filtrado pelo olhar de Lia, enquanto o leitor vai descobrindo cada um de seus segredos. A garota vive intensamente suas emoções juvenis despertadas pelas pessoas à sua volta. A irmã, sua rival em casa, invade também o mundo da escola. Lia ainda não sabe lidar com o amor, despertado por um colega de classe. Nesse mesmo ano, passa pela complicada troca de cumplicidade dividida com a melhor amiga. Crescer não é fácil para uma adolescente sensível vivendo o processo de se conhecer e de se afirmar diante dos outros.

Sobre o ilustrador

Marco Aragão nasceu em 1959, em São Paulo. Autodidata, seus primeiros trabalhos profissionais foram feitos para a Editora Abril aos 16 anos de idade. Trabalhou na área de animação, fundou uma escola de desenho, uma editora e depois migrou para a publicidade. Nessa área trabalhou como diretor de arte, redator e diretor de criação, ganhando alguns prêmios, como o "Profissionais do Ano" da Rede Globo, por exemplo.

Hoje, dirige uma pequena agência com parceria internacional e tem ilustrações publicadas em mais de 15 editoras, além de trabalhar para várias agências de publicidade espalhadas pelo Brasil.